3

三木なずな

illustration. かぼちゃ

没落予定の貴族だけど、暇だったから魔法を極めてみた

I am a noble about to be ruined, but reached the summit of magic because I had a lot of free time.

TOブックス

人物紹介

-character profile-

リアム

ハミルトン伯爵家の五男。その正体は転移してきたとある異世界の男。魔法に興味を持ち、習得に明け暮れている。

アスナ

明るくて活発な冒険者。リアムに従属し、より美少女へと変貌した。

ジョディ

おっとりとしたハンターの女性。リアムに従属したことで若返った。リアムとパーティーを組む。

スカーレット

ジャミール王国の第一王女。リアムの力を見込んで男爵位を授けたほか、とあるお願いをする。

I am a noble about to be ruined, but reached the summit of magic because I had a lot of free time.

illustration. かぼちゃ

design. アフターグロウ

TOブックス

.91

家の中はパアァ――と明るくなった。

窓を閉め切った昼間の室内は暗かった。

その室内の天井に出現した白い光。

白い光は室内を明るく照らした。

窓を全開にして太陽光を取り入れるよりも明るくなると思わせる位の明るさだった。

「す、すごい……これが……魔法」

――自分が発動した魔法に絶句するフローラ。

パルタから輿入《こしい》れしてきた形の彼女は、今や普通にこの街に住んでいる。

そして、俺とファミリアで使い魔契約をしている。

その使い魔契約で、発動した照明魔法に驚いていた。

「消してみる事は？」

「やってみます」

フローラはそう言って、古代の記憶から読み取って、照明魔法を消す魔法を使った。

まだまだ完全マスターする前だから、消すのにも数分かかったが、部屋自体は締め切った状態の暗さに戻った。

「どうやら問題ないみたいだな」

「はい……すごいです、リアムさん。これって、みんなが使える魔法なんですよね」

「ああ。照明魔法は道路だけじゃなくて、道路からそれぞれの家に延びるようにハイ・ミスリル銀を敷設していく予定だ」

「すごい……」

「照明と、後は簡単な火起こしの魔法と、水の魔法だな。攻撃には使えないレベルでの、かまどの火起こしとか、井戸から水をくむ代わりの魔法を開発する予定だ」

「火と水も?」

「せっかくのハイ・ミスリル銀の鉱脈だ。戦いだけじゃなくて有効活用したいからな」

「有効活用なら、もっと他に使い道があるんじゃないですか?」

「いや、これでいいんだ」

俺はそう言って、この肉体——貴族の五男の体に乗り移るまでの生活を思い出す。

「明るさと、火と、水。これらが便利に利用できるようになれば、みんなの時間はもっと他の事に使う事が出来る。使える時間が増えれば出来る事はもっと増える。これはやるべき事なんだ」

「はぁ……」

『ふふっ』

「どうした二人とも——いや、フローラ?」

ラードーンの言葉はフローラには聞こえないから、この場はまずフローラの反応の理由を聞く事にした。

「あっ、その……ここって、まだ街を作り始めてからそんなに経ってないのに、もうパルタの都よりも、みんな便利な暮らしをしているなって、思ったんです」

「そうなのか？」

「はい。リアムさんの事も……パルタでは王――大公や貴族が、民の生活の事を考えるなんて、あり得ない話でしたから」

「それはなんか……住みにくい国だな」

分からなくはないけど。

俺もリアムの体に乗り移る前の事を思い出す。

貴族やお上が俺達の生活の事なんて一切考えない――というのはよく分かる。

「それをリアムさんが……すごいです」

「俺はやりたいようにやってるだけだから」

「謙遜《けんそん》しなくても――」

「いや、それは本当だ。魔法を編み出す、練習する、活用する。憧れの魔法に関する事をたくさんやっていきたいだけなんだ」

「……はい」

フローラはそういい、小さく頷《うなず》いた後、きらきらする目で俺を見つめた。

どういう目なんだろう、これって。

『ふふっ』

「またわらった。今度はなんだ？」

『彼女の今の心境を言い当ててやろうか。「そんな事言っても、みんなの生活をよくするためにやってるからやっぱりすごい。パルタじゃ自分の生活をよくするためにしかしないはず」――とな』

「な、なるほど」

ラードーンのそれは、多分当らずとも遠からずだ。

尊敬の眼差しで見つめてくるフローラに、ちょっとだけむずがゆくなった。

何か言ってその目を普通に戻そう――と考えていたその時。

『主、聞こえるでござるか？』

「その声はガイか？」

タイミングよく、ガイがテレフォンで話しかけてきた。

テレパシーと違って、テレフォンは『声』が出るもの。

その声は普通にフローラにも聞こえて、彼女はちょっとびっくりした後、伝声魔法・テレフォンに対して面白そうな表情をした。

憧れの目線が消えてちょっとほっとしつつ、ガイに聞く。

「どうした、何かあったのか？」

『こちらに主との会見をしたいと申し出ている者達が現われている』

「会見？　何者だ？」

『キスタドールのドラグーン、その隊長と名乗っている』

「ドラグーン⁉」

話を聞いて、驚くフローラ。

「知っているのかフローラ」

「はい、すごく有名です、キスタドールのドラグーンは。ドラゴンを乗り回す竜騎兵の部隊です」

「竜騎兵……すごそうだ」

「すごいですよ。ドラゴンが強いのはもちろんですけど、そのドラゴンをすごく手懐けてるんです。普段は犬のように従順、戦場ではライオンのように勇猛で」

「それはすごい」

というか……普通にすごすぎる部類だろ。

☆

フローラの部屋から、テレポートで合流地点に飛んだ。

いくつかある、テレポートで決めた合流地点。

そこに飛んで少し待つと、ガイと他数人のギガースが、ぞろぞろとドラゴンに乗った人間達を連れてきた。

なるほど、これが竜騎兵、ドラグーンか。

うん、見た目もすごく勇ましくて、格好良い。

多分、キスタドール国内でも人気なんだろうな、と想像にかたくない。

その竜騎兵だが、俺が見える位の距離にやってくると、いきなり動かなくなった。

それまで普通に進んでいたのに、急に動かなくなって、伏せてしまっている。

「一体どういう事なの、これ！」

「分かりません！　竜どもが命令を聞きません！」

「こら暴れるな！」

「こっちは怯えてます！」

怒鳴り声がささやき位の音量に聞こえる程度の距離で、ドラグーンはパニックを起こしていた。

どうしたんだろう。

向こうから来れなそうだから、こっちから近づいてみるか――。

「きゃあああ！」

先頭の隊長らしき女が乗っているドラゴンが『起き上がった』。

馬で言うところの棒立ち。

前足をあげて、後ろ足だけで立っている、驚いた時の仕草だ。

それを、ほとんどのドラゴンがしている。

「で、殿下！　彼です！　竜どもは彼に怯えています！」

そう言って、俺を指す女の部下。

「えっと……俺？」

なんだかよく分からないが、とりあえず離れてみよう。

そう思い、数十メートルほど下がると、遠目にも分かる位、ドラゴン達が落ち着いたようだ。

「えっと……本当に俺に怯えてる？　なんで？」

『ふふっ、トカゲどもの――そうだな、生存本能を刺激したようだな』

「生存本能？」

『強者に怯える、獣によくある反応だ』

「はあ……」

そういう怯えられ方は……複雑だ。

.92

ドラグーンが連れてきたドラゴン達は見ててかわいそうになる位怯えていた。

確かに、この怯え方一つ取っても、ラードーン達とはまったくイメージが違うけど。

「そんなに違うのか？　ラードーンジュニアと見た目結構似てる気がしたんだけど」

『我と、我の仔《こ》らをあんなトカゲどもと一緒にしないでもらいたい』

ラードーンの語気に、珍しくちょっと怒っている色が混ざっていた。

『見た目に共通点があるのは認めよう。だがそれは人間とヒトデ位の差がある』

「全然違うな！」

猿《さる》ですらないのか……。

それは、うん。

「悪い。見た目だけで判断してしまった」

『……分かってくれればそれでよい』

ラードーンとそんな話をしているうちに、先頭の隊長らしき女がドラゴンの制御を諦めて、背中から飛び降りた。

そして、スタスタとこっちに向かってくる。

五メートル位の距離で一旦足を止めて、手を口元にかざした形で。

「オーホッホホホ！」

と、天を仰いで高笑いした。

「えっと……」

「わたくしの名はシーラ、シーラ・オーストレーム。キスタドール第十九王女にしてオーストレーム家の初代当主よ」

「おぉ……素数だ……」

はじめて出会うタイプの人間に、俺はちょっとついていけずに、ちょっとずれた感想を口にしてしまった。

2,3,5,
17,19,

「あなたが、魔物の国の王、リアム・ハミルトンね」

「あ、ああ。そうだけど」

「よろしい。ではさっそく、あなたに決闘を申し込むわ」

シーラはビシッ！　と俺を指さして、宣言するかのように言い放った。

「……はい？」

事態の急展開にまったくついて行けなくて、ぽかーん、と口を開け放ってしまう。

「けっとうって……何？」

「愚問ね、人と人が分かり合うためには何をすればいいと思う？」

「えっと……酒を酌み交わす――」

「拳を交える事よ！」

「えぇ……」

俺の言葉を遮って言い放ったシーラの言葉は、とてもとても――漢らしいものだった。

「オーホッホホホホ！　驚いているようね。ええ、言いたい事は分かるわ」

「あ、分かるんだ」

てっきり分からないようなタイプの人かと――。

「男と女が分かり合うには情交を結ぶのが手っ取り早いと言いたいのでしょうけど、残念だけどあなたは子供、そして私は生娘、つまり今回は情交では事実上不可能。次善の策をとるしかないのよ」

「えぇ……」

やっぱり分かってないっぽいタイプの人だ。

というか、彼女と決闘する理由がどこにもない。

ここは上手くやり過ごして、帰ってもらうか、話があればその話を聞くしか――。

「さあ、わたくしと戦いなさい。それであなたが、我がキスタドールと盟を結ぶのにふさわしい相手かどうかを見極めてやるわ」

「!!　盟を……結ぶ」

つまり、同盟をって事か。

それなら、やらないわけにはいかないな。

ジャミール、パルタ、そしてキスタドール。

隣接する三つの国とは、未だに何も結べていない。

ジャミールはスカーレットの輿入れが決まっているが、それはまだ正式な物じゃなくて、今はアイジーの一件でどう転ぶのかは分からない。

パルタもフローラを送り込んできたが、いきさつを考えれば微妙なままだ。

そこで降ってきた、キスタドールとの同盟の話。

俺はシーラを見た。

訳の分からない姫様だが……嫌いではない。

何となくだけど、悪人ではないような、そんな気がする。

「分かった、やろう」

「オーホッホホホ！　そう来なくては」

「ここでいいのか？」

「ええ、遠慮無く行きますわよ」

「ああ——」

頷いた瞬間、シーラが消えた!!

完全に油断していた、彼女が消えた瞬間、慌ててアブソリュート・シールドをはった。

マジックを一一枚、フォースを一二枚——合計二三枚はった。

ががががが——。

連続した衝撃音が背後から聞こえてきて、衝撃波と共に物理のシールドが一〇枚消し飛んだ。

「やりますわね！」

声は後ろ——からじゃなく、左から聞こえてきた。

ぱっと振り向くも、シーラの残像しかとらえられなかった。

とっさの判断でフォース・シールドを追加。

ガガガガガ——と、またシールドが消し飛んだ。

背後——つまり最初の右方向だ。

「対物障壁ね、ならばこれはどうかしら」

ボボボボボーン！

何かが弾け飛ぶ音とともに、熱が全身を襲った。

「対魔障壁もあるのね、ならばこれは？」

相変わらず姿が見えなくて、声だけが聞こえてくる状態。

ここでようやく、彼女がものすごく速い速度で移動している事を理解した――のだが。

『よけろ！』

珍しくラードーンの警告。

俺は考えるよりも早く、テレポートを使って、短距離移動で立っている場所を離れた。

地面が爆発して、えぐれた。

土煙が晴れたそこには、赤い剣を振り下ろした格好で地面に叩きつけたシーラの姿が見えた。

刀身が赤いだけじゃなく、爆発でえぐれた地面の縁が溶けてただれている。

「あれは……」

『魔法剣だ。純粋な魔法でもなく、物理でもない』

「だからよけろって言ったのか」

おそらく両アブソリュート・シールドで対処出来ないタイプの攻撃なんだろう。

「オーホッホホホホ！　リアム・ハミルトン、敗れたり！」

「……」

「トドメ、行きますわ」

そう言った瞬間、シーラがまた消えた。

俺は目を閉じた。

「観念なさったのかしら！」

「……」

そして、右手を突き出す。

「むっ！」

攻撃は来なかった。

逆に、気配が遠ざかっていった。

「まさか……いえ、これでどうかしら！」

更にシーラが襲ってきた。

今度は左手を左後ろに突き出した。

「!!」

シーラが息をのんで、そのまま――飛び下がった気配が伝わってきた。

「わたくしの速度について来ている？」

「いや、こういう事だ」

シーラは敵じゃない。

これは殺し合いじゃなくて、互いを分かり合うための戦い。

だから、俺は種明かしした。

次の瞬間、まわりに薄紫の霧が立ちこめた。

「これは……」

「魔力の霧。これに入ってくると分かる」

とっさにやった事だけど、上手くいった。

シーラの超速移動は、俺の限界を超えている。

だから、俺は魔力を放出して、霧のように充満している魔力に、何かが入ってくると分かるようにした。

更に、分かってても速度について行けないから、魔力と肉体を連携させて、欠けた部分に手が吸い寄せられるようにした。

　これは簡単な仕組みだ。

水溜りから水を抜こうとすれば、残った水がそこに集中するのと同じ事だ。

身体能力だけじゃ無理だけど、魔力を伴ったやり方なら出来る。

魔力の操作と扱いは、ラードーンの特訓で身についた。

「ふふ、面白い、面白いわあなた」

シーラは言葉通りに、楽しげに笑った。

そして、剣を収めた。

「もう、いいのか？」

「あなたの力はもう分かりましてよ。その魔力、そして使い方。キスタドールにいれば首席宮廷魔術師に取り立ててあげられますわ」

なんかものすごく褒められた。

「落ち着いて話をしたいのだけど、いいかしら」

そう聞いてくるシーラ。

その提案にはまったく異論は無かった。

.93

シーラを連れて、迎賓館《げいひん》にやってきた。

もちろん、テレポートでだ。

一瞬で郊外から街中の迎賓館前に飛んだシーラとその一行は、瞬間移動に驚き、状況をにわかには把握出来ないって感じで、まわりをきょろきょろ見回していた。

「これはどういう事なのかしら。……幻術？」

警戒半分、興味半分。

そんな目で俺を見て、答えを求めるシーラ。

「テレポートという、ラードーンの魔法だ」

「『竜の王冠』ね」

「りゅうのおうかん？」

初めて聞く単語が出てきた。

「違うの？」

「いや、えっと……」

『合っている、我の事だ』

ラードーンが答えた。

答えはしたが、珍しく不機嫌な様子だ。

邪竜とか魔竜とかって言われてた時も淡々としていたのに、この『竜の王冠』という言葉には明らかな不機嫌さを見せた。

どういう事なんだろ……。

「えっと……うん、そうらしい」

「なるほど。その魔法を多く体得しているって聞いたけど、どうやら本当のようね」

「あーえっと、とりあえず中へ」

俺はシーラ達を連れて、迎賓館の中に入った。

彼女の部下の半数はこの場にとどまった。

迎賓館の庭で乗ってきたドラゴン——ドラグーンの竜の世話をするという。

残りの半数が、シーラとともに迎賓館の中に入った。

中に入ると、非戦闘員のエルフ達が俺達を出迎えた。

迎賓館として作った以上、ここに招くものは賓客——大事なゲストばかりだ。

そのため、気が利くエルフ達を特に選んでここに常駐させた。

そのエルフ達にシーラの部下のもてなしを言いつけて、俺が自らシーラを案内した。

迎賓館で一番豪華な部屋にやってきた。

三階分をぶち抜いたくらい高い天井と、最高級の一面の窓硝子《がらす》。

ふかふかのじゅうたんを敷き詰めて、適度な距離を保って置かれた二つの一人用ソファー。

「どうぞ」

「ええ」

シーラを先に座らせて、俺も座った。

彼女と向き合ってから、切り出す。

「それで、同盟を……って話なんだよな」

「オーホッホホホホ！　その通りでしてよ」

シーラはまたも高笑いした。

「何か条件は？」

これまでの事を思い出して、そう聞く。

ジャミールも、パルタも。

姫を嫁がせるという話を持ってきたから、またそういうものなのかとちょっと身構えた。

もしや目の前の――とちょっとだけ思った。

「軍事的な不可侵条約。大きなところはそれだけでしてよ」

「……それだけ？」

「ええ」

「……」

なんか話が上手すぎる。

同盟を結ぶ以上、軍事的な不可侵なんて当たり前の話だ。

前提の更に前提位の話で、あえて持ち出す必要もないレベルの話だってのは、貴族じゃなかった俺でも分かる。

それを「それだけ」って言ってくるのは、さすがに裏があると思うしかない。

「その顔は疑っているという顔ですわね。信じられませんの？」

「有り体に言えば」

「『竜の王冠には手を出すな』、それが我がキスタドールに代々伝わる言い伝えでしてよ」

「ラードーンと何があったんだ？」

「国を滅ぼされかけましたの」

「国を？」

本当か？　って心の中でラードーンに聞く。

するとラードーンは不機嫌そうに、

『ふん』

とだけ、鼻をならした声でこたえた。

黙認だが、やっぱり何か起こっているって感じだ。

それはそうとして、ラードーンも認めたって事は、キスタドールがラードーンにトラウマを持っている、という理由は納得出来る。

……これも、『三竜戦争』がらみの事なのかな？

「それもあって、わたくしが遣わされましたの」

「え？」

「ドラグーンを率いるわたくしが。もし本当に『竜の王冠』の力を継いでいるのであれば、竜達が何かしら反応するはず」

「あっ」

はっとして、ラードーンが『トカゲ』と呼んだあの竜達の反応を思い出した。

「結果は予想以上でしたわ。ドラグーンの竜が、乗り手の命令に抗うなんて、ここ百年間無かった事でしてよ」

「そんなに」

「それだけの訓練をくぐり抜けてきた竜だけがドラグーンになれる……逆説、あなたには間違いなく『竜の王冠』の何かがあるという事」

「なるほど……」

今にして思えば——な出来事を指摘されて、俺はシーラの言う『不可侵条約のみ』という事に納得しつつあった。

「どうかしら？」

「……こう思う？」

俺はラードーンに聞いた。

『お前の国だ、好きにするがいい』

「今回はあんたも絡んでるんだから、少しはアドバイスくれよ」

『……なら、うけるといい。敵は少ない方がいい。戦闘国家だとしても敵は常に一つまでに留めておくのが賢明』

「なるほど……」

俺は頷き、シーラに向き直った。

「分かった、同盟の話、受けさせてもらう」

「オーホッホホホホ！　それが賢明でしてよ」

手の甲を口に当てて、高笑いするシーラ。

今する反応じゃないだろ――って思ったが、よく見ると彼女は額に汗を流していた。

緊張……してたのか？

ラードーンの力を持っている相手に交渉してる……から？

それで虚勢をはっている、と思うと可愛らしく見えてきた。

同時に、ラードーンが何をやったのかを知りたくなった。

ラードーンに聞いても答えてくれそうな雰囲気はない。

後で、三竜戦争の事を知ってるスカーレット辺りに聞くか。

「では、そういう事で」

シーラは立ち上がって、握手を求めてきた。

俺も手を伸ばして握手した。

手をにぎった途端、シーラが小首を傾げる。

「そういえば、調べても出てこなかったのだけど」

「え？」

「あなたの国の名前、何ですの？」

「国の名前……」

そういえば、決まってなかった……気がする。

「えっと……」

どうしようか、と頭を悩ませていると。

俺の体が光った。

その光が俺の体から分かれて、離れた場所に集まった。

直後、三階分をぶちぬいたほど広いホールの中に、巨大な竜の姿が現われた。

「ラードーン!?　どうしたんだ？」

「……」

俺の横で、シーラが固まっていた。

完全に固まり、顔色がまっしろい紙のようだ。

本当に何をやったんだ……って思った次の瞬間。

『国の名は』

「え？」

『国の名は、リアム＝ラードーン。我が全権を与える人間が治める国だ』

リアム＝ラードーンって、俺の名前も？

いきなり何を言い出すんだ、って思っていると。

「り、リアム……」

シーラが俺を見つめた。

恐怖半分――何故か尊敬半分、そんな顔だ。

「あっ……」

『我も絡んでいるようだからな』

――意趣《いしゅ》返し。

さっきの事の仕返しにこうされたようだ。

まったく、子供か。

と、毒づいた俺はまだ気づいていなかった。

国の名前にするほど、そしてラードーンが自ら顕現《けんげん》して宣言するほどの事態。

リアム＝ラードーンの名は俺の格を思いっきり上げ、あっという前に、その事を全世界に知らしめる事を。

今の俺は、まだ気づいていなかった。

.94

ラードーンが引っ込んだ後も、まだちょっと動揺が残るシーラと軽めの打ち合わせをした。

キスタドールと……リ、リアム＝ラードーンの同盟の話を軽く詰める。

細かい話や正式な調印は、シーラが一度持ち帰って後日、という事にまとまった。

軍事的に相互不可侵という大前提は崩れないだろう、というのはなんとなく分かる。

シーラは話している最中も、ラードーンが顕現して、今は何もない空間を気にしたり、俺をチラチラ見たりと、明らかにラードーンの事が頭から離れないでいる様子。

リアム＝ラードーンという国名は恥ずかしいけど、シーラの反応から、この名前は戦争に対する抑止力になるだろうと思った。

話が終わった辺りで、窓の外が大分暗くなってきた。

夕日がほとんど落ちて、夜が来ようとしている。

「今日はここまでにしよう」

「そうですわね」

「宿を用意させた、案内する」

俺は立ち上がって、ドアに向かって歩き出した。

ついて来たシーラを連れて、廊下を歩いて、迎賓館の外に出た。

夕方の西日もすっかりと消えて、建物の外は完全に夜になっていた。

「あれ？」

「どうしたんだ？」

「明るい……」

シーラは驚いた様子で、迎賓館の正門から、街並みを見回した。

スカーレットのアドバイスで、敷地にある階段状の高い場所に作った迎賓館の入り口。

そんな高台から、街並みを一望出来る。

一万人が住み、今もまだ建設ラッシュ中で進化を続けている街を彼女は驚きの顔でじっと見つめていた。

「明るい？」

「そうよ。建物のほとんど、窓からすごい明かりが漏れている」

「ああ、あれはライトの魔法だ」

「魔法!?」

パッと俺を向くシーラ。

その顔はますます驚いている。

「ああ。古代の記憶――っていうか、道路をベースに、魔導書の代わりになる物を枝状にして、全部の建物に伸ばした。その建物の中にいると、時間はかかるけど魔法が使える仕組みだ」

「……え？」

一瞬、理解が遅れた顔をしてから、おそるおそる聞いてくる。

「魔導書を……建物に伸ばした？」

「そうだ」

「………全部？」

「全部」

俺は頷き、歩き出した。

迎賓館から一番近い家のそばに、窓の前に立つ。

ついて来たシーラに向かって、窓の中を指さす。

「何もないのに光ってますわ……ええっ⁉　今水を出しましたわ？」

「それも魔法。照明と、水と、火。この三つはどこの家に居ても使えるように枝を伸ばした」

「…………」

愕然《がくぜん》、といっていい表情だった。

彼女が愕然としている間も、どんどん夜になっていく。

それに伴って、あっちこっちの家から、加速度的に『ライト』の光が拡散していく。

その結果、夜にもかかわらず、空の星がほとんど見えなくなる位、街が明るくなってきた。

「……まるで不夜城ですわね」

「その言い方ちょっとかっこいいかも」

「これをどうやって？」

「ああ、ハイ・ミスリル銀の鉱脈があったから、それを使って張り巡らせたんだ」

「ハイ・ミスリル銀まで!?」

更に驚くシーラ。

そりゃそうだろうな。

ハイ・ミスリル銀の貴重さは俺も身を以て思い知らされてきたから、その驚きは理解出来る。

「……そうなると、戦力の方も……」

「え？」

「……いえ、何でも無いですわ」

シーラはふっと笑って、ごまかした。

何か意味深な事をつぶやいたのは確かだが、上手く聞き取れなかった。

「それよりも、これは全て、魔法の光という事ですわね」

「ああ」

「水や火も、とおっしゃいましたが、水道などの代わりに魔法を使うという事で？」

「そういう事だ。便利だってみんなから大好評だ」

俺はちょっと自慢げに言った。

これをやれた——魔法を使ったというかたちでやれたのは——ちょっとした自慢だ。

「そう、これほどの規模にわたって、皆が魔法を使っていらっしゃるのであれば、『魔晶石』もさぞかしすごい事になっているのでしょうね」

「ましょうせき？　なんだ、それは」

「知りませんの？」

「ああ」

俺は深く頷いた。

初めて聞く名前だ。

「なんなんだ、それは？」

「……良いですわ、特別に教えてさしあげてよ」

今までの驚きが嘘だったかのように、シーラは調子を取り戻して、手で口をおおって「オホホ」笑いをした。

「魔晶石は、様々なたとえがありますが、わたくしが一番気に入っているのが『うんこ』ですわ」

「う、うんこ？　って、あの？」

「ええ、排泄物《はいせつぶつ》の事ですわ」

「は、はあ……」

シーラのような王女の口からそんな言葉が飛び出すなんて……。

「ここで言ううんこは、肥料になる、という意味ですわ」

「……肥料」

その言葉を聞いて、俺は自分の表情が変わったのを悟った。

「何か魔法を使ってみなさい」

「ああ」

俺は頷き、この場でライトを使った。

俺が発明して、俺も当たり前のように使える魔法。

俺の手を中心に、まるでランタンの光のようにぼわっと光った。

「……え？」

「へ？」

またしても、驚くシーラ。

「どうしたんだ？」

「それ、魔法なのですわよね」

「ああ、魔法だけど？」

「あなたの魔力で？」

「そうだけど……」

念押しされて、何か間違った事をしたんじゃないかって不安になる。

「どういう事ですの……？」

深刻な表情で考え込むシーラ。

「えっと、それはこっちの台詞なんだけど。何がどうしたんだ？」

「……魔晶石というのは、人間が魔法を使った時に漏れ出した魔力が堆積されて出来た物ですわ」

「はあ……」

「ロウソクを燃やしても、最後に少しロウが残りますわよね。それに近い物よ」

「ああ、なるほど」

「人間は、一〇〇パーセントの効率で魔法を使う事は出来ませんわ。魔法を使うと、魔法に関与出来なかった魔力が空気中に飛び散って、やがて地面に落ちて、それが積み重なって魔晶石になるのだけど」

「だけど？」

「あなた、本当に魔法を使ったの？　無駄な魔力が無かったのだけど」

「……ああ」

俺はなるほど、と頷いた。

「魔力の効率化をやらされたんだ、ラードーンに。そういう事だよな」

『うむ、百パーセントの効率で出来るようにしこんだ』

「百パーセントの効率で出来る、だって」

「……え？　ひゃく……ぱーせんと……？」

ラードーンの言葉をそのまま伝えると、シーラはとても信じられないって顔をしてしまうのだった。

.95

最後まで驚いたままのシーラとその部下を宿に送り届けた後、俺は一人で夜の街中を歩いていた。

普通の街と違って、夜でもものすごく明るくて、心なしかあっちこっちから楽しそうな笑い声が聞こえてくるかのようだった。

「魔力のロスがないって、そんなにすごい事なのか?」

俺は歩きながら、ラードーンに聞く。

ロスが少なくなった——効率化が出来るようになったのは、ラードーンの特訓の後だ。

だから彼女に聞いてみた。

『そうでもなければ』

ラードーンは「ふっ」って感じで笑いながら答えた。

『一気にあれほどのレベルアップは出来まい?』

「……つまり普通の人間、みんなはかなりロスしてるって事か?」

『その通りだ。実際に見てみた方が早かろう』

「見るって、どうやって?」

『逆を行け』

「逆を？」

立ち止まって、首をかしげる。

『効率化の逆だ。とことん非効率に魔法を行使してみるがいい』

「分かった」

それでどうなるのかは分からないが、こういう時ラードーンは意味のない指示は出さない。

俺はとにかく、効率悪く魔法を使ってみる事にした。

えっと……とことんだったな。

つまり、思いっきり魔力を出しても、魔法が——発動しない風にやればいいのかな。

やる事が分かって、俺は魔法を使う。

魔力を練り上げて、一番シンプルな魔法、マジックミサイルを放つ。

手を突き出し、マジックミサイルと唱えたが、何も出てこなかった。

『ほう……やるな』

「え？」

『あの一言で、一気に零パーセント——対極に振れられるとはな』

「え？　そうしろって指示じゃなかったのか？」

『普通は徐々に下がっていって、最後にゼロに辿りつけるどうかかってもんだ。ふふっ、まあ今更？　お前の魔法の才能に驚くのも馬鹿らしい話だろうがな』

ラードーンはとても楽しげに笑った。

これって……ほめられてる、のか？

それに自信を持てずに、小首を傾げていたその時。

「あっ」

思わず声が出た。

あっちこっちから、ライトの光とは違う、別の光が見えるようになった。

地上にうかんでいて、ゆらゆらと漂う光は、まるで蛍《ほたる》かのようだった。

『詩的だな。我の目には太陽光の下で漂うホコリのようにしか見えぬ』

「そ、そういう言い方をされると、そんな風にしか見えなくなってしまう」

俺は苦笑いした。

『事実そっちの方が近しい。これがロスして、空気中に放出された魔力だ』

「これが……」

『ゼロを一回やった事で、お前にも見えるようになったって事だ』

「なるほど……あっ、地面に積もってる」

『だからホコリと言っただろ？』

「な、なるほど」

空中に漂いながら、ふわふわと地面に落ちて、堆積していく魔力を見つめる。

『これが積もりに積もって、結晶化したのが魔晶石というものだ。既に出来ているかもしれんな、この規模では』

「すでに……」

俺は辺りをきょろきょろ見回した。

視覚だけじゃない、五感全てを使って、魔力を感じ取るように辺りを見回す。

すると、空中に浮かんでいるものと地面に堆積しているもの、それと近しいがより『固まって』いるものの存在を感じる。

少し距離があって、おぼろげにしか感じられなかったそれを、目を細めて遠方を見つめるようなのと同じ感覚で、それの居場所をつかもうとする。

「こっちか」

そう言って、ゆっくりと歩き出した。

ライトの光と、魔力の光の中、俺はつかんだ気配を逃さないように集中しながら追いかけていく。

街が徐々に建設されていって、入り組むようになった。

方向と距離はつかめたが、何回か袋小路に入り込んでしまって、大幅な遠回りを余儀《よぎ》なくされた。

十分位、街の中を迷路のようにぐるぐる歩いた後、そこにたどりついた。

そこは、まだ建設前の空き地だった。

「この下か……」

つぶやき、確信を持ちながら、舗装されていない、ただの空き地の隅っこにいって、そこを掘り起こした。

素手で掘る事十数センチ。

そこに、カラフルな石が姿を現わした。

まるでパイ生地のように、何層にもわたって重なって、その層は全て色が違うという美しい見た目。

それを拾い上げる。

わずかな魔力が帯びているのを感じる。

こぶし大の石にもかかわらず、帯びている魔力は微弱だ。

こういう時、意図して探したんじゃなければ、おそらくは見つからなかったんだろうな。

「これか」

『うむ、それが魔晶石だ』

「これで何が出来るんだ？」

『何も』

「え？」

『気づいているだろう？　それから徐々に魔力が失われていっている、やがて魔力を持たない、ただの石になるだろう』

「何も出来ないのか……」

俺はちょっと落胆した。

魔力で出来たと聞いたから、魔法に関わる何かが出来るかもしれない、とちょっとだけ期待したのだ。

それが出来ないとは……がっくりだ。

『ただ』

「え？」

『貴重ではある。人間はさほど魔法を使えぬ。であれば、このように堆積して魔晶石になる事もほとんどない』

「なるほど」

『普通は戦場跡で発掘される。戦場であれば魔法が容赦なく飛び交うからな。故についた別名が『ブラッドソウル』。血と魂が積み重なって出来た石、とな』

「へえ……」

魔晶石＝ブラッドソウルを見つめる。

なんだか面白い話だ――。

『時代にもよるが、同じ体積のダイヤモンドに比べて数倍の値がつく。希少性故にな』

「えええええ⁉」

俺は思いっきりびっくりして、こぶし大の石を見る。

これが……おなじサイズのダイヤの数倍の値が？

もしかしてこれ……国の特産になって、かなりの収入源になるのかも？

.96

「召喚に応じ参上いたしました、リアム陛下」

次の日の昼、街中にある魔晶石＝ブラッドソウルの鉱床を慎重に掘り起こしていると、ブルーノがやってきて、まったく迷いのない動きで俺に跪《ひざまず》いた。

「早いな、兄さん」

話があると伝令の人狼を走らせたのが今朝の事だ。

それが昼にはもう来ている。

ブルーノに近づくと、彼は顔を上げて俺を見つめた。

俺は手を伸ばして、ブルーノを起こした。

ブルーノは起き上がった後も、微かに腰をかがめて、上目遣いになるように俺に返事をした。

「陛下のご召還ならば、万難を排してでも駆けつけるのが道理でございます」

「そっか。まずは……ありがとう、アイジーの件、上手く行ってるって聞いてる」

「もったいないお言葉。私はただ、陛下の代理として動いているにすぎません」

「それでもありがとう」

「恐悦至極に存じます」

そう言って、深々と頭を下げるブルーノ。

「それよりも、ちょっと相談があるんだ」

「はい、なんなりと」

「これを見てくれ」

俺はブルーノを連れて、さっきまで掘っていた鉱床を彼に見せた。

「これの事なんだが」

「これは……もしや魔晶石？」

「そう。実はこれの安定生産の目処がついたんだ」

「えっ……」

恭しい表情が一変。

驚愕したブルーノ、信じられないって顔で俺を見つめる。

「魔晶石……を、安定、生産？」

「そ、そのような事が可能なのですか？」

「出来る」

俺はまずそう言いきってから、ハイ・ミスリル銀を見つけた事から、それを使った街のインフラ整備、そして魔法都市と化したこの街で全員が魔法を日常的に使えるから魔晶石を生産出来た——。

それを、順序立てて説明した。

ハイ・ミスリル銀、インフラ、魔晶石。

それらを説明するごとに、ブルーノが驚愕する。

「……」

しまいには、ポカーンと口を開け放って間抜けな表情を晒してしまう。

「そういうわけだから、どれ位のペースでどれ位の量が出来るのかはこれから調べていくけど、魔晶石が出来続けるのは間違いないと思う」

「な、なるほど」

「で、これの取引についての相談なんだ」

「もしや、わたくしにそれを!?」

「うん」

俺ははっきりと頷いた。

「その反応って事は、この魔晶石はやっぱり金になるって事なんだな」

「はい、美しさと希少さ、その二つを兼ね備えておりますので。更に」

「更に？」

「魔晶石の模様は、同じものが二つとないため、模様次第でもより高値がつく事がございます」

「なるほど」

魔力が堆積して、いくつもの層になって出来たものだもんな。

魔法を使う者や、そもそもの魔法の種類、さらにはそのタイミング、順番。

それらによって、堆積して出来るものに違いがあるのは、魔法をよく知る俺にはすぐに想像出来来た。

「ありがとうございます！　陛下！　お任せ頂けるのであれば、陛下に最大の利益をもたらせるよう粉骨砕身の覚悟で臨みます」

「そんなにかしこまらなくていいよ。それよりもまずは現物をみてみよう」

俺はそう言って、慎重に採掘した魔晶石＝ブラッドソウルを一欠片ブルーノに渡した。

ブルーノはそれを受け取って、マジマジと見つめる。

「なるほど」

「どうだ？」

「陛下のおっしゃる通り、若い魔晶石となります。これなら若者や、新興貴族を中心に、大いに需要が見込める事でしょう」

「若い？」

ブルーノの表現に引っかかった。

「俺、そんな事を言ったか？」

「ああっ、申し訳ありません。陛下のおっしゃる通り、最近作られたものという意味でございます」

「なるほど……若くないと何か違うのか？」

「はい」

ブルーノははっきりと頷いた。

そして、受け取って魔晶石を俺によく見えるようにかざしてきた。

「ご覧ください、色の層と層の間隔が空いているのお分かりになりますか」

「まあ、空いてるといえば空いてるな」

「これが地中で年月を経たものですと、層の間隔が狭くなって、同じサイズでも、層の数が多くなって、より綺麗になるのです」

「なるほど」

俺は頷き、納得した。

魔晶石は宝石として取引されるという。

宝石としてなら、より綺麗な方が高価になるのは当然の事だ。

その綺麗になる要素が『時間』によってもたらされるものならなおの事だ。

「どれ位置けば層が狭まって——増えるんだ？」

「一説には三百年ほど必要だとか」

「それならなんとかなるな」

「え？」

完全にただ事実を述べていたつもりのブルーノは、またまた驚愕した。

「ちなみに三百年物だと価値はどれ位上がるんだ？」

「希少という事もあって……最低でも五倍は」

「なるほど」

「あの……陛下？　出来る、とは？」

「ああ——ダストボックス」

俺は魔法を使って、箱を呼び出した。

「このダストボックスという魔法は、箱の中は一時間で一年分経過する。これまでは酒の熟成に使っていたけど」

「さ、さすが陛下。そのような魔法も体得していたなんて……」

「三百年だと、二週間も置いておけばいい」

「もし、それが本当なら」

ブルーノは目を輝かせた。

「地上に一つしか無いような、唯一無二の宝石を作る事も可能かと」

「とりあえず作ってみよう」

ブルーノが向けてくる、期待に満ちた視線に見守られる中。

俺は掘り出した、一番大きな魔晶石をダストボックスに入れた。

そして二週間後、ダストボックスから出した魔晶石は半分以下に縮まっていて。

三百年物の、より綺麗な宝石に生まれ変わったのだった。

.97

街の迎賓館、向き合う俺とブルーノ。

「ダストボックス」

俺は魔法を使って、ダストボックスを呼び出した。

「いよいよですな」

「ああ」

俺はちょっとだけ緊張していた。

煮物の鍋、そのふたを開ける時と同質の緊張感、そしてわくわく感を同時に感じながら、ボックスの中から魔晶石を取り出した。

「おおおっ!!」

俺が取り出した石を見た瞬間、ブルーノは大げさとも取れる位の、オーバーなリアクションで感動した。

「縮んだなあ……」

俺は、取り出した魔晶石を見て、感慨深くつぶやいた。

五〇〇時間前、ダストボックスに入れたのはリンゴ位のサイズのものだった。

それが五〇〇時間――ダストボックスの中では五〇〇年経った事になると、指の第一関節位の大きさまで縮んだ。

縮んだ分、美しくなった。

元々は何重もの層にはなっていたものの、層の境目がぼやけてたり、色々荒かったりしていたのだが、縮んだ後は逆にはっきりして、それによって鮮明に見えてきた。

「五百年経つとこうなるんだな」

「はい……というより、さすがでございます陛下。本当にこのわずかな間で五百年という時間を経過させてしまうなんて」

「そういう魔法だからな。さて」

「はい」

ブルーノは頷き、宝石箱を差し出した。

俺がブルーノに発注した、魔晶石＝ブラッドソウルをもっとも引き立てる事が出来る宝石箱だ。

「なるほど……たしかに、これに入れると魔晶石がより美しく見える。どういう魔法なんだ？」

「魔法ではございません。箱の形と、色、そして魔晶石が美しく見える角度にするための箱の内部の傾斜。それらを詰め込んだ箱です」

「へえ」

「商人の領分、小技でございます。お目汚しをいたしました」

「いや、頼んでよかった。ありがとう」

「恐悦至極に存じます」

ペコリと一礼するブルーノ。

俺は魔晶石を入れた宝石箱を丁寧にふたをして、アイテムボックスと呼ぶ事にして、中に入れた。

「これで向こうに無事渡る」

「陛下の分身に――でございましたか？」

「ああ。俺の幻影を変装《ハイ・ファミリア》させて、使節団に紛れ込んだ。向こうはここに入れた物を取り出せるかな」

「お見それいたしました。ものすごい魔法でございます」

俺はふっ、と微笑んだ。

シーラとの話がまとまった後、こっちからもキスタドールに友好を示す使節団を送ることにした。

ただ使節団を送るだけというのもなんだから、いくらかの贈り物を同時に持って行かせる事にした。

そこで白羽の矢が立ったのが、魔晶石＝ブラッドソウル。

この国の名産になり、近いうちに『国宝石』に指定する予定のそれを送る事にした。

更にただの魔晶石じゃなくて、ダストボックスで『熟成』させたものを送る事にした。

そこで俺の幻影にハイ・ファミリアをかけてエルフの姿にして行かせて、ぎりぎりまでダストボックスに魔晶石を置いて、それから向こうに送った。

「上手く行くといいんだがな、今回こそ」

「今回こそ？　それはどういう意味でございますか陛下」

ブルーノは首をかしげて聞いてきた。

「ブルーノには水の事を頼んであったよな」

「はい」

「その前に、スカーレットのアドバイスで、銀貨を作って、技術力をアピールするという話になった。しかし銀貨だけじゃ攻撃的すぎるから、干ばつに水の支援って事にしたんだ」

剛柔一体。

スカーレットから始めた話と、ラードーンの教えをミックスさせた話だ。

「今回は使節団の贈り物に宝石を持たせた、友好をしめす方法としては無難なものだ」

「おっしゃるとおりでございます」

「その宝石が、この国の名産——俺の手によって作れるものだった」

「それとなく力のアピール、という事でございますな」

「ああ」

「なるほど、さすが陛下でございます。その二つの事を自然にやってのけるとは。感服いたしました」

俺はフッと笑った。

これで、上手く行けばいいんだが。

☆

次の日、幻影のテレポートで、使節団が戻ってきた。

使節団に送ったエルフ達、そのリーダーであるレイナ。

彼女達は、数台の荷馬車とともに戻り、街中に現われた。

「お疲れ、どうだった？」

戻ってきた彼女達を出迎えて、俺はレイナに聞いた。

幻影は戻ってきて早々解除した。

レイナに聞いたのは、使節団の団長が彼女で、そうしたのは彼女に経験を積ませるためだったからだ。

「キスタドールの王妃様は、魔晶石をすごく気に入っておいででした」

「そうか」

「シーラ様、そして国王は大いに驚いていました。魔晶石の真贋《しんがん》を最後まで見てました」

「真贋……?」

「本物だと信じられなかったようです。あれほどの魔晶石、それだけで大農園一つは買えるとかで」

「ああ、なるほど」

俺は頷いた。

そして、その値段にびっくりした。

「そんなに高価になるのか、あれは」

「最上級の宝石はそういう事みたいです。私もびっくりしました」

ある意味俺以上に世間知らずなレイナ。

彼女達は長生きだが、ピクシーからエルフに進化したばかりで、人間の価値観にはそんなに詳しくはない。

「それで、これらの贈り物を頂きました」

そういって、荷車をちらっと見るレイナ。

「贈り物をお返しにくれたって事は、友好関係は結べたって思っていいんだな」

「はい。後日そのままシーラ様が派遣され、パルタ、ジャミールとの関係などをアドバイスしてくれるという事です」

「それは助かる。人間の国と争わなくて良いのなら、それに越した事はない」

「リアム様がいる間は友好関係を保ちたい、って事でした。さすがリアム様です」

それを聞いて、俺はちょっとほっとした。

いきなり現われた封印の地、それを虎視眈々と狙っていた人間の三つの国。

これで、一息はつけそうだ。

『もしもし！　主でござるか』

「ガイか、どうした」

いきなりテレフォンで伝わってくる、ガイの少し緊迫した声。

『人間が！　ギルドのハンターが襲ってきたでござる』

「何⁉」

驚く俺。

ここは魔物の国、そして向こうはハンターギルド。

今まで現われなかったが、よく考えたらいつ敵になってもおかしくない組織がやってきた。

.98

「分かった、今行く」

テレフォンの通話をきって、俺はテレポートでガイが伝えてくれたポイントに飛ぼうとした。

すると、ブルーノが俺を呼び止めるかのように話しかけてきた。

「陛下、私も連れて行って下さい」

「兄さんを？　なんで？」

「相手がどこかのハンターギルド所属なら、私が説得して止めさせる事が出来るかも知れません」

「出来るのか？」

「貴族と各ギルドはそれなりに繋がっておりますので」

「なるほど」

そこはブルーノの言うとおりだろうな。

さかのぼれば、ラードーンの封印を解いて退治しようとしたアルブレビトの事もある。

あの時も、アルブレビトがハンターギルドに依頼をした形だ。

ブルーノもどこかのハンターギルドと繋がっていてもおかしくはない。

俺は少し考えた。

「そういう事なら……頼んでいいか」

「はい」

頷くブルーノを連れて、テレポートでガイに教えられたポイントに飛んだ。

テレフォンが使える街道で、ギガースと人狼達、そして人間のハンターが三人いた。

状況は想像しているよりも悪かった。

ギガースと人狼の大半は負傷していて、今もガイとクリスが人間のハンター達の猛攻を受けているところだ。

「パワーミサイル！」

無詠唱で二九本のパワーミサイルを放った。

パワーミサイルはハンターとガイ達の間に割り込んだ。

負傷したガイ達はそのまま、ハンター達はそれを察知して大きく飛びのいた。

着地する三人のハンター。

距離が離れて、戦闘が中断したことでやっと落ち着いて彼らの姿を落ち着いて確認する事が出来た。

男が二人で、女が一人。

男は大柄の筋肉質な男と、顔に幼さが残る微笑みを称えた少年だ。

女は露出の高い服を着て、鋭い目つきをしている。

「はっ、親玉のお出ましか」

「今の魔法見た事ないね。マジックミサイルの上位版かな？」

「それよりもおいしそうじゃない、あの子」

「ははは、セタ、お前のライバル出現だな」

「え？　あー、どうぞどうぞ。ぼくはそういうの気にしないから」

「じゃあお持ち帰りして、いっぱい楽しんじゃおうかしら」

激戦の直後だというのに、三人はまるで自宅でくつろいでいるかのように能天気なやりとりをしていた。

反撃・追撃の意思は見当たらない。

俺はそれを読み取って、ガイ達に近づいて。

「大丈夫か？　――ヒール」

ガイとクリス、そして他のギガースや人狼達に治癒魔法をかけた。

同時魔法のラインを全部使って、全員をいっぺんに治してやる。

「す、すまぬでござる」

「気にするな。それよりもどうしたんだ？　ガイとクリス……お前達がいてもかなわないほどの相手なのか？」

ガイとクリスは、それぞれギガースと人狼のリーダーで、単純な戦闘力で言えば、俺の下についているモンスターのツートップだ。

二人ともかなり強くて、ライバル意識を持っているため、互いに責任をなすりつけ合うものだと予想した――のだが。

「えっと、それは……ご主人様の……」

「え？　俺の？」

「主が、しばらくは人間ともめるなと命令したでござる」

「……あっ」

俺はポン、と手を叩いた。

そういえばそうだった。

フローラの一件の後、スカーレットの提案で、銀貨などの技術力で近隣三国にアプローチするという話になった。

その時に、ガイ達にむやみな戦闘をするな、って言ってあったのだ。

「それでやられたのか」

俺はガイ達を見た。

ガイも、クリスも。

他のギガースと人狼達も。

全員が、小さく頷いた。

「ああっ！　ごめん！　こうなるとは。いや、あれはケンカをふっかけるなって意味で、襲われても無抵抗にって意味じゃないんだ」

「え？　じゃあやり返していいの？」

クリスが目を見開いて聞いてきた。

「もちろんだ。身に降りかかった火の粉を振りはらうのは当然だ」

「なーんだ、それを早く言ってよご主人様！」

「そういう事なら、話はたやすいでござる」

次の瞬間、ガイとクリスの様子が変わった。

さっきまで抑圧されていたのだと一瞬で分かる位、二人は生き生きしだした。

「ちょっと、ここはあたしにやらせなさいよ。脳筋はその辺で休んでていいからさ」

「やれやれでござる。主の許しを得た光栄の緒戦、イノシシ女などに譲る気は毛頭無いでござる」

「いいから譲りなさいよ。あれをぎったんぎったんにしてご主人様に褒めてもらうんだから」

「それは拙者《せっしゃ》の仕事でござる」

「譲りなさいよ脳筋！」

「イノシシ女はクソして寝てろでござる」

ガイとクリスがいがみだした。

二人でやればいいじゃん……って思って口を出そうとしたら、横からブルーノがおそるおそる聞いてきた。

「あの……もしやあの二人は、どっちかが一人で戦うって争っているのでしょうか」

「そうみたいだな……なんかまずいか？」

「はい、とても。あの三人は私でも知っている有名なA級ハンター」

「A級⁉」

「大男はホーク、少年はセタ、女はティセ。三人は常に一緒に行動して、受ける依頼は全て『討伐』という武闘派です」

「って事は強いのか――おい、二人とも――」

戦うのはちょっと待って――って言おうとしたらもう遅かった。

いがみ合ったガイとクリスは結局じゃんけんで決めて、クリスが勝って三人と戦った。

「サポートするよ、ホーク」

「倒してしまってもいいんでしょ？」

「おう、ザコはとっととやって、頭をつかんで引きずり出すぞ」

女は雷の魔法を、少年は炎の魔法を放ってきた。

そして大男は更に筋肉を膨らませて、クリスを迎撃した――が。

クリスは激突する瞬間、三人に分身して、それぞれに腹パンチを見舞った。

三人がそろって、体を『く』の字に折り曲げて、一瞬体が浮いてから、地面に崩れ落ちた。

たったの一撃で、クリスが三人を沈めた。

「えっ……」

その光景を信じられずに、ブルーノが絶句する。

一方で、クリスは苦悶する三人を見下ろして。

「その程度の腕で、ご主人様と戦おうなんて百年早いのよ」

と、胸をはって勝利宣言をしていた。

.99

「ぼこっちゃったな。強いハンターなんだよな」

「あ、ああ……三人ともA級のハンターだし、チームで行動した時はA級以上の難依頼も楽々こなすっていう評判の強者達なんだが……」

よっぽどびっくりしたのか、ブルーノの口調が崩れていた。

本人は気づいていないみたいだが、見てて面白いしあえて指摘する必要もないから放っておいた。

「話は出来そうな相手なのか？」

「え？　あ、ああ、狂犬だが利益不利益をちゃんと判断出来るらしい——と、聞いております」

ブルーノはハッとして、後半慌てて敬語に戻った。

別にそのままでもいいのに、と思ったが言わなかった。

これを言うのもなんか押しつけだから。

ブルーノが今でも「わたくしめの事はどうか呼び捨てで」って言ってこないように、俺もそういうのを強要しないように決めている。

それはともかく、話が通じるのなら……よし。

俺は三人をボコったクリスに近づいていきながら。

「よくやったクリス」

「ありがとうご主人様！　こいつらどうする？　どっかに逆さ吊りにして見せしめにしとく？」

「いや、そこまでする必要はないよ」

クリスの物騒な発想に微苦笑しつつ、三人のそばにしゃがんで、同時にヒールをかけた。

「えっ？　助けてあげるの？」

「ああ」

「いいの？　そんな事して。元気になったらまた襲ってくるんじゃない？」

「クリスがボコれたし大丈夫だろ。それに、そうなっても俺がいる」

そう言いながらヒールをかけ続ける。

クリスとガイの言い争いをいつも聞いているから、彼女の性格上食い下がってくる――と思ったらそんな事はなかった。

逆にものすごく静かになって、どうしたんだろうと思ってそっちを見ると。

クリスも、ガイも。

人狼やギガースら全員が尊敬の思いできらきらした眼差しで俺を見つめていた。

「どうした」

「ご主人様、かっこいいです」

「うむ、さすがでござる。それでこそ我らが主。命を賭して仕え甲斐があるというもの」

「お、おう」

俺の言葉のどれかに一同感動しているみたいだ。

害はないからしばらく放っておいて、三人のハンターの治療に専念した。

クリスに思いっきりボコられた三人の怪我は思いのほか深くて、治すのにちょっと手間取った。

しばらくして、三人が次々と気がついた。

「これは……怪我を治してくれたの？」

「どういうつもりだてめえ」

「何を企んでいるの？」

「えっと、話をしたいんだ。いいかな」

聞くと、三人は瞳に警戒の色を露わにしながらも、沈黙して俺を見つめた。

話を聞くつもりはあるみたいだ。

「なんで襲ってきたんだ？　ハンターとしての仕事か？」

そう聞くと、三人は一度視線を交わしてから、大男――ホークが代表して答えた。

「ああ、ハンターギルドでA級の依頼を受けてきた。進化した魔物達が群れてるから、討伐しろってな」

「群れてる？」

俺は首をかしげた。

「情報が遅いのかな、俺達はここで国を作ってるんだけど」

「遅くないよ」

今度は少年――セタが答えた。

「そういう話はあったよ。でも、魔物が国作りなんて、そんな馬鹿らしい話、誰も信じてないから」

「ああ、なるほど」

俺は深く頷いた。

それは……当たり前だな。

俺も当事者じゃなかったら、『魔物が国作りしている』なんて噂を聞いたら鼻で笑い飛ばしてたと思う。

「ってなると、そっちの方向で説得しても無駄骨になるか……」

俺はあごを摘まんで考えつつ、聞いた。

「こっちはただ群れてるだけじゃなくて、国を作って、生活しようとしてる。だから討伐されると困る。討伐を止める方法はないのか？」

聞くと、三人は再び視線を交わしてから、今度は女――ティセが言った。

「一つあるわよ」

「どんなんだ？」

聞きながら、俺は密かに身構えていた。

ジャミールら三カ国の事で、いろいろ複雑な事をやってきただけあって、またそういう事になったら面倒だな……と、思っていたのだが。

「ここのモンスターと、ボスのあなた。それが強すぎて手に負えないってなればいいのよ。討伐不能で野放しになってる存在はそこそこいるしね」

「ああ、それか」

ラードーンを思い出した。

討伐不能で野放しなんて、まさに彼女の事だ。

「つまり討伐難易度を上げればいいんだ」

「そういうこったな」

「どうすれば上げられる？　あんた達がそうやって報告してくれるのなら、報酬は出すけど」

「くれるのか、報酬」

「ああ、そういう依頼って事で」

魔晶石で財源確保してるから、個人に支払うレベルの報酬はどうとでもなるはずだ。

三人は一回集まって、ひそひそ話をした。

相談しているようだが、すぐにまとまった。

「あんた、どこの国の出身だ」

「国？　ジャミールだけど？」

「じゃあジャミール金貨で一〇枚」

なるほど出身を聞いたのは貨幣のためか。

「分かった、払う」

「交渉成立だね、じゃあこれを攻撃して」

そう言って、セタはぬいぐるみのような人形を取り出した。

「これは？」

「モンスターの危険度を測るアイテム。これに攻撃したモンスターの大体の討伐難易度が出るようになってるんだ」

「なるほど。これに俺が攻撃して、あんた達が持ち帰ればいいんだな」

「そういう事。S位出してくれたらいい感じに言い訳が――」

俺はアイテムボックスを呼び出して、ガーディアン・ラードーンを出した。

それを装着して、魔力効率化とラードーンの魔導戦鎧、そして詠唱の三重重ねで魔力を上げる。

「パワーミサイル――六〇連！」

純粋なパワーの方がいいと思って、フルパワーを人形に叩きつけた。

無数にも見えるパワーミサイルにボコボコにされて、轟音《ごうおん》を立てる人形。

パワーミサイルが収まった後、人形は真っ黒になった。

「これでいいのか――うん？　どうした」

振り向くと、ホークら三人がぽかーんとなっていた。

「く、黒ってお前……」

「間違いないよね」

「ええ、知識でしか知らないけど、間違いないわ」

「一体何なんだ？　なんかまずかったのか」

「……いや、別にまずかねえ」

ホークは頭をボリボリかきながら、複雑な表情で。

「討伐難易度がSSSになるから、ザコはもう二度と来ねえはずだ」

「え？」

「SSSて……」

『ふふっ。やりすぎてしまったようだな』

唖然《あぜん》とする俺をよそに、ラードーンは楽しそうに笑った。

.100

もっと落ち着いて話をするために、俺はホーク達三人を連れて、テレポートで街に戻ってきた。

「な、なんだこりゃ」

「テレポート。上級神聖魔法……だったかな」

「上級……」

「神聖魔法……」

「そんなのも使えたのかよ」

呆然とするホーク、セタ、ティセの三人。

俺が上級魔法を使える事に言葉を失っていたが、すぐに別の事に気づいた。

「二人とも見て、あれ！」

少年のセタが声を上げて、仲間二人の背後を指した。

それに振り向く二人、そこで、バンパイアの一人が魔法を使って水くみをしていた。

バケツを置いて、魔法を詠唱して、何も無い所から水を作り出して、バケツを満たす。

「あれって魔法だよね」

「ああ、この街のインフラ——いわば生活魔法、ってところかな」

俺はセタの疑問に答えた。

「生活魔法だぁ？」

「そう。炊事に使う火と水、それに夜用の明かり位だけどね。この街の住民は自由にその魔法を使えるようにしてる」

「ど、どうやってそんな事を？」

「この道路の下に魔導書と同じ効果のあるものを埋め込んだ。道路がある所なら使える」

「「「……」」」

絶句する三人。

俺を見て、自分達が立っている道路を見て、街中を見回す。

そして、三人でひそひそ話を始めてしまう。

「おい、どう思う。魔法はお前ら二人の専門だろ」

「信じられないけど、本当の事みたい」

「ええ。そうだと分かってからより強く感じるの。この常に魔導書に触れている感覚……」

「本当だって事か……」

「そもそも、この街もおかしいよ。魔物がどうしてこんな栄えて街を作れるのさ」

「まあ、あれみたいに魔物じゃないのもいるみたいだけどね」

「バンパイアの事か？　それなら魔物だぞ」

「え？」

会話に割り込むと、ティセは驚いた。

「ば、バンパイアって」

「吸血鬼の事か？　嘘をつくな、あいつらが昼間出てこれるわけねえだろ」

「ふつうはそうだけどさ――リヒター」

俺は名前をつけた一人、バンパイアのリヒターを呼んだ。

それまで水くみという日常生活をしていたリヒターがバケツを置いて、こっちにやってきた。

「なんですかリアム様」

「お前の牙を見せてやってくれないか」

「はい、いいですよ」

リヒターは二つ返事で、指を使って口を大きく開いて、鋭く尖った牙を見せた。

「見た目はこれ位だから信じてもらえないかもしれないけど。俺の魔法で進化して、昼間でも活動出来るようになったんだ」

「……って事は、あれもバンパイア？」

セタがおそるおそる別の男を指した。

俺達の横を通り掛かった青年の男。

「ああ、そうだ」

「「「……」」」

またしても、ぽかーんとなってしまう三人。

「あら、リアムくん」

そこに別の人が通り掛かった。

俺を『リアムくん』で呼ぶのは、この街の一万人を超す住民の中でもただ一人。

数少ない人間、ジョディさんだ。

「ここで何をしているの？」

「ちょっとハンターが来てたから、その対処でね。ジョディさんは？」

「「ジョディさん⁉」」

「言われてみればババアに似てる……いや、ババアは人間だ、今はもっとババアのはずだ」

ジョディさんの名前を聞いて、何故か反応する三人。

その三人の方を向いたジョディさん、しばしの間見つめて、ちょっと首をかしげてから。

「あらあら、もしかして毒蛇団達？」

「「その名前で呼ばないで！！！」」

三人は声を揃えて抗議をした。

本気も本気の抗議――なのだが、三人とも顔を真っ赤にして、恥ずかしそうな感じだ。

「知り合いなのか、ジョディさん」

「ええ。この子達の若い頃に面倒を見た事があったのよ。毒蛇団って名乗って、大暴れしてる悪ガキがいるって聞いてね。それで」

「へえ、なんか演劇一本分出来そうな関係性だな」

「三部作でやれるわ。エピソード一は私の手に噛みつき続けたこの子達が心を開くまで」

「なるほど、エピソード二辺りでジョディさんがピンチになってみたり？」

「そうそう、そして最後は成長した三人、私の元から巣立っていくの」

「なるほど」

俺は三人を見た。

そりゃまた奇遇だな」

「ほ、本当にジョディさん……ですか？」

セタがおそるおそる聞く。

「騙されるな！　ババアがこんなに若いわけがねえ！」

「あらあら。そんな事を言う子には、また中辛のカレーを食べさせちゃうわよ」

「うぐっ！」

大声で反論していたホークが一瞬で黙ってしまった。

「中辛のカレー？」

「ええ、この子、あんな図体のクセして、辛いの大の苦手なの。カレーも蜂蜜《はちみつ》入りじゃないと食べられな――」

「やめてくれ！　俺が悪かった！」

一瞬でジョディさんに全面降伏したホーク。

よく見れば他の二人も似たようなものだった。

最初に対峙した時は不敵な感じだったのに、今はすっかり借りてきた子猫のようだ。

「あの……ジョディさん、どうして……？」

「私？　私は今、リアムくんの下僕よ」

「使い魔！　使い魔契約だから！」

「似たようなものじゃない。リアムくんが本気で命令したら絶対服従だし」

「いやそれはそうだけど」

「つ、使い魔……」

「まさか、それで？」

「魔導学的にはあり得るけど……えっ……？」

俺とジョディさんのやりとりを聞いて、ますますぽかーんとする三人。

そこに、またまた誰かがやって来た。

「リアム様！」

「ん？　レイナか、どうした」

「えっと、もう危険は無いんですか？」

走ってきたレイナは俺と、見慣れない新顔の三人を交互に見比べながら、聞いてきた。

「ああそうか、戦闘あるかもってなってたのか」

「はい、それでわたし、みんなに防衛用の魔法を詠唱させてました。一〇〇〇人位です」

「なるほど」

この街にはインフラを利用した防衛システムがある。

いざって時、俺と使い魔契約が全員使える攻撃魔法がある。

「それはもう必要ないな」

「分かりました、じゃあ適当に街の外に撃たせます」

「ああいや、俺に向かって撃っていい。街の外って言っても、いつか着弾した場所を使う時に整地の手間が発生するからな」

「なるほど、分かりました！」

レイナが応じて、駆け去った。

「ジョディさんはちょっと離れてて」

「ええ。あなた達も、ほら」

ジョディさんは呆けてる三人を連れて俺から離れた。

しばらくして、空から魔法が降ってきた。

空を覆い尽くすほどの、ファイヤーボールの雨あられだ。

「アブソリュート・マジック・シールド」

俺は同時魔法の最大数でアブソリュート・マジック・シールドを放った。

それが積み重なった、多層結界。

ファイヤーボールは次々とそれに当たって、炎と障壁が同時に消し飛んだ。

消し飛んだ分、次から次へ補充発動する。

アブソリュート・シールドは絶対防御だが、一発で消える。

俺はそれを、レイナがいう、一〇〇〇人分——一〇〇〇枚の障壁を張って、ファイヤーボールを綺麗に消し飛ばした。

「……こんなの、SSSどころじゃない」

「アンタッチャブル級……だよ」

ホークらが、離れた所でますます絶句していた。

.101

街の中心に建てた、迎賓館とは違う意味で豪華な建物がある。

その中の大広間に円卓があって、俺を中心にこの街の中心人物が囲っていた。

エルフのレイナ。

ギガースのガイ。

人狼のクリス。

ノーブル・ヴァンパイアのアルカード。

そして数少ない人間であるジョディさん。

このメンツに、今し方部屋に入ってきたアスナを加えて、総勢七人での集まりだ。

メンツからも分かるように、主立った種族のリーダーを集めた、いわゆる幹部会的なものだ。

「ただいまー、いやあ、予想以上にすごかった」

戻ってきたアスナがニコニコしながらそう言った。

ものすごく上機嫌で、円卓の空いてる所に座る。

彼女には、いろんな所のハンターギルドに行ってもらって、現状を確認してもらっていた。

その帰りだ。

「あの三人の報告で、ちゃんとこの国が、危険度ＳＳＳを超えるアンタッチャブルになってた。あたし達がいたギルドでもそうだった」

「当然でござる」

「ご主人様の国だもんね」

普段はいがみ合っているガイとクリスだが、俺を称える時だけは意見が一致する。

「しかし、ＳＳＳを超えるってのは分かるけど、なんでアンタッチャブルって呼び名なんだ？」

「討伐するどころか、触る事すら出来ない危険な存在って意味なのよ、リアムくん」

「触る事すら出来ない」

「ラードーンがまさにそうだったわね」

「あぁ……言われてみれば、あの時もラードーンジュニアに阻まれて、冒険者達はラードーンに手出しすら出来てないっけ」

『我の仔は優秀だからな』

ラードーンが俺だけに聞こえるように言った。

人間には興味が無い彼女だが、自分の仔はやっぱり別なんだろうな。

「それ位危険な相手だから、絶対に手を出すな、という意味なのだけれどね」

そう話すジョディさんは微苦笑した。

どういう事なんだ……ああ、アルブレビトか。

アンタッチャブルにもかかわらず手を出そうとしたアルブレビトの暴走の事を思い出した。

「という事は、この国が狙われる事はもう無いのね」

それを聞いたのはレイナだった。

「うん、まあハンター限定だけどね」

「ええ、ギルドレベルでは手が出せなくても、必要なら国がなんとかする、という事もあるもの」

「結局はそれなのね」

レイナはなるほどと頷いた。

延々と、未だに完全に解決したとは言い切れない、まわりの三カ国との関係。

「まあ、ハンターギルドが討伐のハンターを送ってこなくなるだけでもいいじゃないか。正直、国が戦争をしかけてくるよりは、ギルドが討伐のハンターを送ってくる事の方が、よっぽどやっかいだと思うぞ」

「だね！　ハンターレベルだとフットワーク軽いし、下手すれば延々と襲ってくるもんね」

「ホーク達のようにね」

俺よりも長くハンターギルドに身を置いていたアスナとジョディさんがそう言った。

「なるほど。だったらよかった」

「あっ、それとも一つ」

アスナは思い出したように言った。

「クリスちゃんなんだけどね」

「私？」

「うん、クリスちゃん、Sランクの討伐対象になってた」

「Sランク？」

驚くクリス、その横で「あらあら」と頬に手をあてて微笑むジョディさん。

「うん。あの三人をボコったじゃん？　Aランクのハンターを一人でボコっちゃったからね、それでSランクに認定されちゃったんだよ」

「それって、すごいの？」

ハンターどころか、人間ですらないクリスには、アスナが持って帰ってきた話はピンとこなかった。

「すごいよ！　Sランクって、普通は村一つ、街一つを滅ぼせる災害級のモンスターに認定するランクなんだから。クリスちゃんが行って正体を現せば、普通の農村ならそれだけで全面降伏か全員逃げ出すよ」

「そうね。Sランクまで行くと、討伐の報酬は……ジャミール金貨クラスなら一〇〇枚が相場ね」

「ちなみにクリスちゃんの懸賞金、金貨二〇〇枚だった」

「へえ、そうなんだ」

分かってるのか分かってないのか、そんな微妙に薄い反応をしてしまうクリス。

アスナは更に続ける。

「で、クリスちゃんがそうだから、リアムの事がすっごい噂になってる」

「ご主人様が？」

「そっ。Sランクを従えるのっていったいどんなやつなんだ、って」

「……あっ、今分かった」

「うん？」

「私のランクが上がれば上がるほど、ご主人様のランクも上がるんだ」

「えっと……そうなる、のか？」

俺はアスナとジョディさんに目を向けて、視線で尋ねる。

「当然じゃん」

「ええ、当たり前の流れね」

「そっか、よし、じゃあ私もっとランク上げる」

「あ、アスナどの。それがしは、それがしのランクと懸賞金は？」

「ガイさんは銀貨五枚、ランクはDだった」

「えっ……」

愕然として、言葉を失うガイ。

「ガイさん、あの三人にボコられてたからね」

「そ、それは主殿の命令で」

「それを向こうは分かってないから」

アスナは微苦笑する。

目を見開き、ますます愕然とするガイ。

そのガイの後ろに、わざわざクリスは立ち上がって、背後に立ってポンと肩を叩く。

「クスクス……ドンマイ」

「――っ！　勝ち誇ったでござるなイノシシ娘！」

「あははは、脳筋なのに危険度でも懸賞金でも負けちゃダメダメだよね」

「うがーーー！」

ガイはクリスに襲いかかった。

二人はその場でケンカをしだした。

もはや見慣れた光景なので、俺達全員はそれをスルーした。

「アスナちゃん、リアムくんにも懸賞金かかってるんじゃないの？」

「さすがジョディさん、その通り」

「え？　俺人間だぜ？」

「でも魔物の王だからね」

「むっ……」

そういうカテゴリー分けをされると、懸賞金が付く事を納得せざるをえなくなってしまう。

「リアムはジャミール金貨五〇〇枚。普通の人の給料十年分ってところだね。ちなみにデッドオアアライブだった」

「おぉ……」

大分高値がついた事に、俺は苦笑いするしかなかった。

.102

街の郊外、舗装した街道の上で。

現れた冒険者が、ガイにボコられていた。

四人組の男だらけの冒険者だ。

一人は女だと思っていたが、どうやら中性的なだけで、全員が男らしかった。

「いっちょあがりでござる。ふふーん、これで懸賞金が上がるでござるぞ」

冒険者をボコったガイは機嫌上々だった。

ハンターギルドによって賞金首のモンスターになった一件で、ガイはクリスに懸賞金で負けた事が悔しくて、それで張り切っている。

「殺してないよな、ガイ」

「大丈夫でござる。主殿の言いつけ通り、全員峰打ちでござるよ」

「お前の武器は昔も今もこん棒じゃないか」

何をどうやったら峰打ち出来るんだ。

——とは、思ったけど。

ガイの口調が、『峰打ち』という台詞との相性が妙にいい。

なんだろうね、これ。

「しかし、歯ごたえのない者達ばかりでござった。四人かがりでも拙者にかすり傷一つつけられぬとは、情けないでござる」

『さもあろうさ』

「ん？　どういう事だラードーン」

『この国は禁忌《アンタッチャブル》に指定された。そして、お前も、その配下の魔物も高額賞金首になった』

「ああ」

『だがその情報、そして体験この二つが行き渡るまで時間がかかる。だから未だにハンターどもは来る。しかしめざとく、強者と呼ばれる者達は既にもう知っているから来ない。つまり――』

「今来てるのは情報に弱い者達ばかりって事か」

『有り体《てい》にいって、ザコだな』

俺はなるほどと頷いた。

ハンターギルドに登録した最初の頃、俺はギルドとハンターの事を調べた事がある。

それで分かった事が一つある。

難易度の高い、危険な依頼は割に合わない事だ。

ハイリスク・ハイリターン、という言葉がある。

危険に見合った見返りがあるという意味だ。

Aランク以上の依頼は、確かに報酬は大きい。

しかしそれはいわば『超ハイリスク・ハイリターン』のようなものだ。

確かに他よりも報酬がいい、しかしほとんどの場合、危険度がその報酬よりも明らかに高い。

たとえ力が足りていても、俺ならAランクの依頼一つよりも、BランクかCランクのを二つ三つこなす方を選ぶ。

地道に、コツコツとやっていく事を選ぶ。

例えどうしても高難易度の依頼を受けなきゃならない時は、ちゃんと調べてからいきたい。

特にラードーンという普通にやったら危険すぎる相手と戦った後はよりそう思うようになった。

そういう意味でも、今このタイミングでやって来るのは思慮の足りない——ラードーンに言わせればザコ達ばかり、というのはものすごく同意する。

「主殿、このものらを死なない程度にいたぶってもいいでござるか」

ラードーンとの会話で、思考に耽《ふけ》ってしまった俺に、ガイが聞いてきた。

それを聞いてくるガイは、ものすごくきらきらした、まるで少年のような目をしている。

「死なない程度にいたぶるって?」

「拙者への恐怖を叩き込むのでござる。恐怖を持ち帰って拙者の懸賞金を上げてもらうでござる」

って、クリスへの対抗心かよ。

「うーん、やめとけ。死なない程度にいたぶるなんて事をやっても、懸賞金が上がりそうにはない」

「むぅ……そうでござるか……。それは残念でござる」

ガイはがっくりと肩を落として、見るからに残念がった。

「それじゃ、追放してくるでござる」

「ああ」

俺が頷くと、ガイはボコった四人の冒険者に近づいていく。

向こうは魔物を討伐しにきたつもりだろうが、こっちからしたら不法入国者だ。

こういうのは追放する、と決めてある。

ガイが冒険者達に向かって行くと、びたっと足を止めた。

「ガイ？」

「……」

「どうした、なんかあるのか？」

「ちょうちょう」

「へ？」

「ちょうちょうがとんでるでござる」

「ええ？」

「あははは」

いきなり、ガイがスキップしだした。

二メートルを超す巨体が、腰に手をあててスキップし出す姿はちょっとおぞまし――じゃなくて、かなり見た目的にヤバイ。

「ガイ⁉　どうしたんだ？」

『精神魔法だな』

「え？」

『そいつだな』

ラードーンがいうと、俺はぱっと冒険者達を向いた。

すると、中性的な男がうつ伏せになったまま、しかしはっきりをした目でこっちをにらんでいる。

「おまえか、ガイをやったの」

「つぎは……おまえだ」

男はそう言って、魔力を練った。

魔法を俺にかける気だ。

俺は反撃しようとした。

手を突き出し、パワーミサイルを放とうとする。

向こうの魔力を感じる。

発動までの時間も大体読める。

このままならこっちが先に撃って倒せる――。

「……」

『どうした、まだ効いてはおらんのだろう？』

「あの魔法、俺は覚えてない……」

『待て、何をする気だ』

「……」

俺は手を下ろした。

撃ちかけたパワーミサイルをやめた。

そのまま、棒立ちで待つ。

数秒して――ドン！　ときた。

まるでハンマーで脳天を殴られたような衝撃の後、目の前の景色がガラッと変わった。

本、本、本。

あっちを向いても本、こっちを向いても本。

数千冊の本——魔導書に囲まれていた。

「やったー、魔導書だ、わーい」

俺は子供のようにはしゃいだ。

数千冊——つまり数千の魔法を覚えられるという事実《幻覚》に小躍りした。

しばらくの間喜んでいると——それらがフッと消えた。

山のような魔導書が無くなって、街道に戻ってきた。

まわりを見る、ガイがまだ踊っていて、冒険者達はいなくなっていた。

「……なるほど」

『話を聞こうか』

「うん、くらった方がいいって思ったんだ。想像するよりも、実際に一度体験した方がって思ってさ」

『ふふ、相変わらず面白い事を考える。で』

「ああ……マインド・イリュージョン」

俺は、くらったばかりの魔法を行使する。

最初の一回を発動するまで一時間かけた。

二〇を超える同時魔法で、一気にマスターまで持って行った。

「よし」

マインド・イリュージョンを覚えた事で。

俺は、魔導書無しでも、自分でくらえば魔法を覚えられるようになった。

.103

未だに踊っているガイに『スリープ』という、普段は使わない魔法をかけて落ち着かせた。

師匠からもらったマジックペディアの中に入っていた、百ある魔法のうちの一つ。

眠らせるだけであまり役に立たない魔法だ。

相手を眠らせればどうとでも出来る、と考えた事があるが、『スリープ』でたとえ眠らせても、相手に何かをしたらすぐに起きてくる。

人間って、意外と睡眠は浅いもの。

たとえ熟睡してるように見えても、ちょっと触ったり、耳元で何かをならしたりすればすぐに起きてくる。

ただ、眠らせる事は出来る。

今のガイのように、幻覚を見せられている状態なら、さくっと眠らせた方がいい。

巨体がドサッ、と地面に崩れ落ちて、図体に似合わぬ可愛らしい鼻提灯を作りながら爆睡するガイ。

小さく丸まって、寝返りを打つ。

意外と寝相は可愛いヤツだ。

そんな彼を眺めながら、俺はこのやり方に満足した。

これでまた一つ、魔法を覚える方法が出来たから。

今までは大きく分けて、二つある。

普通に魔導書、あるいは古代の記憶から地道に覚える方法。

既存の魔法をベースに、想像して創造する方法。

それらに加えた、第三の方法。それが今回の、あえてくらって覚えるやり方だ。

『ふふ、やはり面白いな、お前は。今の魔法、危険だと分かっていたであろうに』

ラードーンがまた話しかけてきた。

すごく楽しげな感じの声色、俺が何か新しい事をするたびに、彼女はこんな風に上機嫌になる事が多い。

「危険は危険だけど」

『だけど？』

「それで新しい魔法を覚えられるかもしれないから」

『魔法に対する欲求が上回ったという事か』

「うん」

俺は深く頷いた。

憧れの魔法。

昔から——前の人生からずっと憧れだった、魔法。

今でも全然、なんで自分がこの貴族の五男、リアム・ハミルトンの体に乗り移ったのかは分からないけど、この体になった事で魔法の才能がものすごくあるという事は今までの事で分かった。

今のも、自分の体でくらえば、より深く体験して、それを覚えられるだろうと半ば確信していた。

新しい魔法を覚えられる。

そう思ったら、いてもたってもいられず、普通に受けてしまったわけだ。

『ふふっ、やはり面白いな、お前は』

「そうか？」

『ほどよく狂っている。しかも無軌道な狂い方ではない、譲れぬ一点に特化した狂い方』

「なんかけなされてる気がする」

『何を言う、褒めているのだぞ』

「そうか？」

全然そうは聞こえないだけどな。

狂っているなんて褒め言葉じゃないし、なんだったら言われたら全力で戦争になる位の言葉だ。

『問おう、汝《なんじ》力を欲すか？』

「力？　まあ、あれば」

『ふふ』

「なんだ？　余計に楽しそうになっちゃって。それになんだその喋り方は」

普段のラードーンと似ているようで、微妙に違う喋り方。

『様式美だ。これにのってくる人間が多かったのでな』

「はあ……」

『聞き方を変えよう。もっと魔法が欲しいか？』

「欲しい」

俺は即答した。

力っていう言い方じゃよく分からなかったけど、もっと魔法が欲しいか、って言われたら即答以外の答えなんてない。

『ふふっ……』

ラードーンはまた笑って、俺の中から出てきた。

前にも見た、幼い女の子の姿で現われた。

「何をするんだ？」

「もう一度問おう、魔法が欲しいか」

「欲しいぞ――へ？」

瞬間、ラードーンが目の前から消えた。

直前までそこに立っていた女の子が、忽然と姿を消してしまったのだ。

俺の中に戻った？　と一瞬思ったが、そんな事はない。

俺の中は――いわば胸にぽっかりと穴があいたような感じで、ラードーンはいない。

ならどこに――

「ここだ」

「うわっ！」

真後ろから声が聞こえて、俺は飛び上がる位びっくりした。

振り向くと、涼しげな顔で立っているラードーンの姿が見えた。

「な、なんだこれは？」

「鳥頭なのは感心せんな」

「鳥頭……そうか、今の、魔法を使ったって事か」

「そういう事だ」

「どういう魔法――むっ！」

またしてもラードーンが消えた。

さっきの経験があって、俺はぱっと振り向いた。

そこはちゃんとラードーンがいた。

「どういう魔法なんだ？　テレポート……じゃわざわざやって来る意味ないよな」

「……」

ラードーンはニコニコと微笑んだまま答えない。

そして、三度姿を消す。

俺は姿を追うために振り向く――その時。

動きが止まった。

視線が一点に集中した。

「……俺の意識が飛んだ？」

「正確には時間だ」

背後からラードーンがそう言いながら、進み出て俺の横に並んできた。

「意外に気づくのが早かったな。何故だ」

「あれ」

俺は前方を指さした。

俺達の視線の先にいたのは、眠っているガイ。

「ふむ？」

「ガイの寝相が変わってた。ラードーンが消える前から変わってた。寝返りを打ったのに、その過程がすっ飛ばされて前後の光景だけを見せられた気分だ」

「なるほど、それで気づいたか」

「つまりこれは？」

「対象者の時間だけを停止させる『タイムフライズ』。やってみろ」

「ああ」

俺は頷き、体感した魔法を再現しようとした。

時間をすっ飛ばされたんだから、体感したというのも正しくないが、それも含めて、再現しよう

とした。

体感出来なかった事を、体感した。

ある意味、どんな体感とも違う体感が、その違いがよかった。

「タイムフライズ」

一時間位たった後、発動する。

ニコニコしたまま動かない――つまりはそういう事だと言わんばかりのラードーンにかける。

ラードーンは止まった、俺は彼女に近づき、ほっぺをぷにぷにした。

「……」

そのまま離れて、元の場所に戻る。

そして――動き出す。

「ほう、成功したようだな」

「分かるのか？」

「お前と同じ、景色を目に焼き付けておいた。てっきり我の後ろに回るのだと思っていたのだがな」

俺がほっぺをぷにぷにした事に気づいていないラードーン。

どうやら、成功したようだ。

.104

一晩かけて、ラードーンから色々魔法をくらって、コピーさせてもらった。

数にして十個も、一気に使える魔法の数が増えた。

「これで全部か？」

「ここまでだな」

朝日に照らされているラードーンに聞く。

「ふふ、お前の器で今覚えられるのはここまでだ、という意味だ」

「なるほど。分かった」

「あっさり引きさがったものだな」

「器って、魔力の事なんだろう？」

「うむ」

「それで今覚えられないって事なら、頑張って魔力を上げればいい。それだけの話だ」

「焦りも無しか」

小声でつぶやき、満足げな表情を見せるラードーン。

彼女は再び俺の中に戻った。

俺は大きく伸びをしてから、未だに眠らせたままのガイをつれて、テレポートで街に戻った。

直接ガイの家に飛んで置いてくる。

それから街に出ると――。

『リアム、どこにいるの？』

テレフォンの魔法で、アスナの声が聞こえてきた。

「アスナか、どうしたんだ？　今ガイの家の前だけど」

『そうなの!?　じゃあそっち行くね』

「いやこっちから行こう。街の中か？」

『うん、迎賓館の前』

俺は頷き、テレポートで迎賓館の前に飛んだ。

するとアスナがいたんだが――彼女の背後、迎賓館の庭にドラゴンが一頭、まるで従順な犬のように伏せていた。

「あれは……」

「シーラ様のドラゴンだよ」

「シーラの？」

キスタドールの第十九王女にしてオーストレーム家の初代当主。

シーラ・オーストレーム。

前に来た時の事を思い出して、アスナに聞く。

「ドラグーンも来てるのか？」

「ううん、シーラ様一人だけ。あの一頭だけだよ」

それはそれで、やっかいな気がする。

彼女が率いるドラグーンが全騎来るのもやっかいだが、一人だけ来るってのも何かある気がする。

「なんの用かは言ってたか？」

「ううん」

「分かった、会ってくる」

俺は迎賓館の中に入った。

俺を見て恭しく頭をさげるエルフメイド達に案内されて、前にも使った迎賓用の大部屋にやって来た。

中に入ると、シーラが上品な所作で座っているのが見えた。

「悪い、待たせたか？」

「大丈夫でしてよ……あら」

「どうしたんだ」

「あなた、また強くなったわね」

「へっ？」

シーラは立ち上がり、俺に近づき、至近距離から顔をのぞき込んだ。

「やはりまた一段と強くなっていてよ。また新しい魔法を覚えたのかしら？」

「分かるのか？」

「ええ、ますますいい顔になっていますわ」

「いい顔……」

俺は自分の顔をべたべたと触った。

「大層な色男でしてよ」

「からかうなよ」

俺は微苦笑しながら、ソファーに座る。

ほぼ同時にエルフメイドがやってきて、俺にもお茶をくれた。

「で、俺になんか用があるのか？」

「……」

シーラは神妙な顔で、数秒間、じっと俺——そしてエルフメイドを見つめてから。

「個人的なお願いがございますの」

「個人的なお願い？」

「ええ。あなた、ピリングスというものをご存じ？」

「ピリングス……？」

『モンスターの名だ。こういう見た目だ』

ラードーンがそう言った直後、俺の中から光が漏れ出して、シーラとの間の空中に光が集まって、かたどっていく。

スイカ位のサイズの、フワフワとした——毛玉？　に、目と細い手足がついている愛嬌のある生き物だ。

「ええ、これですわ」

「これがどうかしたのか？」

「わたくしの領地にこれの集団がございますの、保護して下さらないかしら」

「保護……？」

「ハンターギルドのDランクの依頼がありますの、ピリングスの捕獲が」

「捕獲？」

「ええ、愛玩《あいがん》動物にしますの」

「ああ……」

なるほど、って感じで深く頷いた俺。

ラードーンが作ったピリングスの映像はまだ残っている。

それは、思わず手を伸ばしてなで回したり、もふもふしたくなる位可愛らしい姿だった。

「ふわふわだもんな」

「ええ。この見た目で、攻撃性もよほどの事が無い限り皆無。ですので愛玩動物として大人気ですの」

「だろうな」

「しかし」

シーラは真顔で続けた。

「このピリングスはストレスに非常に弱い。特に人間になで回されるのにものすごく弱いですの」

「……どれ位?」

「最悪、命を落としますわ」

「命」

おうむ返ししたその言葉に、自分なら重さを感じてしまった。

「皮肉な事ですが、飼われてもあまり可愛がられなかったり、放置されたりした方が、長生きしますの」

「そうか」

「ここはほとんどが魔物の、魔物の国。あなたに保護してもらえるのならそれがベストだと思いましたの」

「分かった、引き受けた」

俺は即答した。

『よいのか?』

「何か問題が?」

『ふふっ……。いや、ない』

「善は急げ。そのピリングスはどこにいるんだ?」

「オーストレーム家の領地の、南西にあるシームの森ですわ」

「ここからだとどっちの方角だ?」

「え？　えっと……あっち、ですわ」

シーラは少し考えて、指で俺の背中の方角を指した。

「うん。ちなみに、この件はシーラが関わったって知られない方がいいよな？　一人で来たって事は」

「ええ、その通りですわ。ですから――」

「じゃあ、ドラゴンは置いて行こう」

「――え？」

首をかしげるシーラ。

俺はすっくと立ち上がった。

「トランスフォーム」

ついさっき、ラードーンから覚えた魔法を使った。

背中に一対の翼がはえた。

それを確認してから、シーラの手をとり、立ち上がらせて――そのまま膝の下に手を回して、お姫様だっこで抱きあげた。

「ひゃう！」

「しっかりつかまってて」

「え？　えっ？」

戸惑うシーラ。

俺はそのまま窓を開けて、飛び出した。

文字通り、翼を羽ばたかせて大空に飛び上がった。

まずは上昇、そしてシーラが指し示した方向に向かって飛び出した。

「そ、空も飛べますの？　人間なのに？」

「ああ。さっき覚えた」

「すごいですわね……あなた」

空を飛べる事を、シーラはものすごく感心していた。

.105

シーラを抱きかかえて空を飛びながら、俺はある事を思い出した。

「そのピリングスがいる場所は、シーラの領地？　だっけ」

「そうですわ」

「って事は……キスタドール領内？」

シーラの名乗りを思い出す。

キスタドールの第十九王女にしてオーストレーム家の初代当主。

同じ王女でも、ジャミールのスカーレットと大分違う。

もしかしたら、って可能性があった。

だが、シーラはノータイムで頷いた。

「そうですわ」

「ってことは、俺が勝手に入る――のがバレるのはまずいよな」

「それでしたら大丈夫――」

「トランスフォーム」

俺はもう一度、自分に魔法をかけた。

すると、体がまた変化する。

さっきまで年相応の少年だった見た目が、手足が伸びて、青年にしか見えない位に成長した。

「よし」

自分の顔は分からないけど、体が丸ごと『大人』のそれになっているのが分かる。

多分俺は有名人になってるだろう。

各国のスパイが紛れ込んでいる（見つけ次第つまみ出してはいるけど）し、ハンターギルドの賞金首にもなってる。

俺の見た目の特徴とかは完全に知れ渡ってると思った方がいい。

それは逆にありがたい。

特徴をどう伝言ゲームしたところで、一二歳の少年という一番重要なのものは、普通にやっていたら伝わるはずだ。

大人の姿になればまずバレる事はない。

「そうだ、シーラも、逆に子供にしちゃおう」

シーラはもっと有名人のはずだ。

そのシーラが進んで何かをしてる、ってバレるのもよくない。

そこから連想ゲームで芋づる式に俺にたどりつく可能性もある。

だから、シーラの見た目も変えてしまおう――って思ったのだが。

「シーラ?」

「……」

「どうしたんだ? 俺の顔を見てぼうっとしたりして」

「――えっ? な、なんでもないですわ」

ハッと我に返ったシーラ、顔をぷいと背けてしまう。

背けた彼女の横顔は、耳の付け根まで真っ赤になっていて、時々こっちをチラチラのぞき見ている。

どうしたんだ?

『ふふっ、お前はよくよく血筋に恵まれたな。大人になったお前の姿、すこぶる男前だぞ』

「へえ、そうなんだ。それでシーラが赤くなってるのか」

『反応が薄いな』

「見た目の分も魔法の才能だったら嬉しかった」

『ふふっ、ブレないなお前。まあ、我もこの姿にはさほど興味ないがな。大きな魂が大きな肉体に入っているだけなのだからな』

ラードーンも負けず劣らずブレないな。

「えっと、わたくしをなんですの？」

「シーラも、俺と同じで、逆に子供にしちゃった方が関与がバレないだろ、って」

「それもそうですわ。やっていただけますの？」

「ああ」

俺は頷き、彼女にもトランスフォームをかけた。

見た目がもう大人で、抜群のプロポーションだったシーラが、ラードーンよりも一回り幼い姿に変わった。

「さすが……ですわね」

彼女も自分の顔は見えないが、縮んだ手足は自分でも分かる。

大人から子供に変えさせられた魔法に感心していた。

そんなシーラの案内に従って飛び続ける事一時間。

そうやってしばらく飛んで、赤面から『戻ってきた』シーラの案内で、俺達は目的地のシームの森にやって来た。

人里離れた、そこそこに広大な森だ。

その森の道と繋がる通常の入り口じゃなくて、空から深い所に降り立った。

「ピリングスというのはどの辺にいるんだ？」

「あそこを見なさい」

そう言ってシーラが指し示した方向に、森の少し開けた所があって、ウサギだかキツネだかが掘ったような、地下へ続く獣の洞穴があった。

「あれがピリングスの巣ですわ」

「なるほど――あっ」

穴から何かが出てきた。

ひょっこりと顔だけを見せたのは、穴の口と同じ位のサイズのフワフワとした毛玉みたいなものだ。

その毛玉には顔があった、頭と体が一体化していて、細い手足がくっついている。

「あれがピリングスですわ」

「なるほど、可愛いもの好きにはたまらないだろうな」

そういう事に詳しくない俺でも分かる位、可愛らしく――愛らしい見た目だ。

よく可愛いと言われる小型犬や猫の数倍は可愛い。

「おっ、ここにいたぞ」

穴の向こうから、茂みをかき分けて、ハンター風の格好をした男が現われた。

男の視線はピリングスの穴に吸い寄せられている。

それだけではない、何かがつまった麻袋を担いでいる。

麻袋は中身がパンパンに入っているのが一目で分かるし――

「あの袋の中身」

「そういう事、ですわね」

シーラが真顔で頷いた。

丸いものを複数詰め込んだ麻袋、中身は間違いなく他で捕獲したピリングスだろう。

「ん？　なんだお前は」

男はこっちに気づいた。

「悪いが、その子達は置いてってもらう」

「はあ？　何言ってるんだお前は」

「言葉通りの意味だ。今すぐその子らを置いてけ」

ついさっきまで『保護』のつもりでいた俺は、すっかり『奪還する』つもりになっていた。

というのも、男が持っている麻袋を見たから。

あんな詰め方、捕まえ方。

一事が万事。ピリングスの扱い方の全てがそれで見えた気がしたからだ。

「へっ、つまりは何か。横取りしようって事か」

「……」

「舐めんじゃねえぞゴラァ！」

男は麻袋を無造作に放り出して、腰の真後ろに差しているナイフを抜き放った。

「あっ……」

シーラの声がもれる。

放り出された麻袋は放物線を描きながら地面に吸い込まれていく。

「シルフ」

風の下級精霊を召喚した。

シルフは空気を操作して、優しく麻袋を受け止めた。

敵《自分》よりもピリングスを。

それを見ていた男は更に逆上した。

「無視してんじゃねぇえ！」

と、ナイフを構えて突進してきた。

俺は手を突き出しパワーミサイルを放とうとした――が、やめた。

「シルフ――ふっ」

突っ込んでくる男の後ろに、シルフの力を借りて速度をあげて回り込み、無防備になった首に手刀を落とす。

「あがっ……」

男は白目を剥いて、そのまま気絶して倒れた。

男が倒れたのとほぼ同時に、シーラは駆け出して、麻袋に近づき、袋の口を開ける。

その中から、へばっている――どうやら死んではいないピリングスが出てきた。

まあ、愛玩動物として人気だって言ってたし、死ぬような捕まえ方はしなかったんだろう。

『それよりも、何故魔法を使わなかった』

「え？　ああ、正体を隠すためだ。使える魔法が多すぎると俺だってバレる可能性大きくなるだろう？　シルフ一種しか使えないって思い込ませた方がいいさ」

『なるほど、やるな』

俺の正体隠しを、ラードーンは満足した感じで納得した。

.106

男を倒した後、改めてピリングス達がいた方を向いた。

ピリングスが数体、物陰に隠れてこっちの様子をうかがっているのが見えた。

完全に警戒心がとけたわけではない、かといって今すぐ逃げ出す訳でもない。

種族が違うから表情もよく分からないが、そういう感情になっているのが手に取るように分かった。

「さて、これからどうするか」

「ピリングス達には人間の言葉が通じると言われてますわ」

「そうなのか？」

驚き、シーラに振り向く。

シーラは真顔だった。

「それもペットとしてさらわれやすい一因ですわ。言葉が分かるから躾《しつけ》がしやすいの」

「なるほど、種族の特性が悪い方に作用しちゃったのか」

でもそういう事なら話が早い。

俺はピリングス達に向かって話しかけた。

「こっちの言葉が分かるか？　俺に敵意はない、話がしたい」

まずは呼びかけてみた。

すると半分隠れてこっちの様子をうかがっていたピリングスがひそひそと、何かを相談しだすような様子を見せた。

そこそこの距離から伝わってくるピリングスの鳴き声、会話が成立するような言葉ではなく、「ピー」とか「キー」とかそういう、可愛らしく愛嬌のある鳴き声だ。

こっちには分からないが、向こうには伝わっている。

『あんな事言ってるけどどうする？』

ピリングスのどれかがこんな事言ってるのが、なんとなく仕草と雰囲気で分かった。

「会話の一方通行はちょっと困るな」

「魔物であればやりとりも出来るのですけれど」

「え？」

「え？」

びっくりしてシーラの方を向いた、シーラもびっくりして俺を見た。

「な、なんですの？」

「魔物だったら会話が通じるのか？」

「え、ええ。あまりにも人間すぎる魔物だとやはり無理のようですが、近しくて……言い方は悪いですが、獣に近いようなタイプならば通じると聞いた事ありますわ」

「そうか……ちょっと待ってて」

俺はテレポートで街に戻った。

一瞬で戻ってきた街の中で、まわりを見回した。

すぐに目当ての相手を見つけた。

「スラルン、スラポン」

「りあむさまだ」

「あそぼうりあむさま」

スライムの二体は、いつもの舌っ足らずな感じで、俺に懐いてきた。

「悪いけど頼みたい事があるんだ、協力してくれないか？」

「それっておてつだい？」

「りあむさまとおしごと？」

「ああ、お手伝いで、お仕事だ」

微妙に違うと言いかけたけど、話をややっこしくするからやめた。

「おてつだいするー」

「りあむさまのやくにたつー」

スラルンとスラポンは俄然《がぜん》テンションが上がって、ますます俺に懐いてきた。

そんな二体を連れて、テレポートで森に戻ってきた。

「ただいま」

「どこへ行ってらっしゃったの――ああ、そういう事」

俺が連れ帰ったスラルンとスラポンを見て、一瞬で俺の意図を理解したシーラ。

「そういう事」

俺は微笑みながら頷き、スラルンとスラポンに言った。

「あそこにいるピリングス達と会話がしたいんだ。通訳――あっちが言ってる事を俺に教えてくれ」

「わかったー」

「ちょっといってくるー」

スラルンとスラポンはぴょんぴょん跳ねて、ピリングス達に向かっていった。

最初は何かの接近にビクッとしたピリングス達だったが、それがスライムだと知るとまったく敵意を見せる事なく接近を許した。

「りあむさまがおはなししたいの」

「なにをいってるのかおしえて」

スラルンとスラポンの質問に、ピリングス達は相変わらず「ピー」とか「キー」とかで返事した。

それを聞いてから、スラルンとスラポンが戻ってきた。

「りあむさまりあむさま」

「あのにんげん、われわれにおんをうってなにをたくらんでいるのだ？　っていってるよ」

スラポンの口から出たのは、いつもの舌っ足らずながら、いつもと違う複雑な内容だった。

まるで三歳児が大人の書いた脚本をそのまま読んでいる、そんなちぐはぐさを感じた。

「じゃあ俺の言う事を――って、こっちの言葉は伝わるんだっけ」

思わずスラルンとスラポンにこっちの翻訳も頼もうとしたが、その必要はないって思い出して、
苦笑いしつつピリングス達に向かって大声で言った。

「企みはない、お前達を保護したいだけだ」

いうと、ピリングス達はまたピーキー鳴いた。

「どうだ？」

「そんなのしんじられない」

「にんげんのかんげんにはにどとだまされない」

「かんげんって……ああ、甘言か」

「知らなかった……あんな言葉使いをする種族だったのね」

となりでシーラが微妙にショックを受けていた。

俺は更に呼びかけた。

「本当だ。このスラルンとスラポンを見ろ、俺はこいつらと一緒に、魔物が多く住んでる国を作ってる。そこにお前達を保護したい」

「まものもくに？」

「なにをよまいごとを、っていってるよ」

俺はスラルンとスラポンの通訳を通して、ピリングス達を説得した。

最初はかたくなだったピリングス達だったが、次第に――

「でもすらいむたちがなついてる」

「ほんとうにがいはない、のか？」

などと、考えをあらためるそぶりを見せだした。

そのやりとりをしている間、俺は同時に別の事をしていた。

スラルンとスラポンの通訳を間近に感じていた俺は、その事象を強くイメージ出来た。

イメージ出来たもので魔法を開発する。

俺はそれが出来る。

皮肉にも、人間に長く虐げられた事で、ピリングス達の警戒心は強く、説得に時間がかかった。

『もう一度だけ、人間を信じてみるか』

時間がかかったために、通訳の魔法が完成したのだった。

.107

「りあむさまりあむさま」

「おやくになった？　おやくになった？」

スラルンとスラポンは戻ってきて、俺のそばでぴょんぴょん飛び跳ねた。

まるっきり手伝いをした後の、親に褒められたい子供みたいで微笑ましくて、俺は翻訳魔法を編み出したが、今回は形の上ではスラルンとスラポンに通訳をさせておく事にした。

そう決めてから、ピリングス達に再び話しかけた。

「どうだろうか」

「お前が魔物の敵じゃない事は、そのスライムのなつき方を見ているとよく分かる」

「信用してくれるか？」

「そうしたい――のだが」

見た目の可愛らしさとは裏腹に、代表して俺と交渉を続けるピリングスの個体は、言葉がダイレクトに通じるようになった事もあって、次第に他と見分けがつくようになってきた。

何となく、そのもじゃもじゃの感じが、白くて長いまつげと髭を蓄えた、村の長老って感じに見えてきた。

「だが？」

「我々は、この地からは離れられん」

「なんでだ？」

「我々は皆、この地より生まれる者だからだ」

「この地より……？」

『スポーンホール』

不意に、ラードーンが口を開いた。

「スポーンホールって？」

『モンスターの繁殖はいくつか種類がある。そのうちの一つが、人間から見て『湧いた』とか『発生した』というものだ』

「へえ……ああ、なんか分かるかもしれない」

『その『湧く』場所が、スポーンホールと呼ばれている。果樹がそこに根を下ろしているから離れられない、と思えばよい』

「なるほど」

それは確かに離れられないな。

「どうしようもないのか？」

『大地に下ろしている根っこごと移植すればいい』

「なるほど。俺に出来るか？」

『我なら指先一つだ』

相変わらずのまわりくどい言い方をするラードーン。

しかし、それにも大分なれてきた。

ラードーンがこういう時の解釈の仕方もだ。

俺が出来ないとは言ってない。

つまり簡単にはいかないだろうが、不可能でもない。

なら、十分だ。

俺は頷きつつ、改めてピリングスに話しかけた。

「その……スポーンホール？　お前達が生まれる場所ごと、俺達の国に持っていく」

「そ、そんな事が出来るのか？」

「ああ」

俺は深く、はっきりと頷いた。

目はまっすぐピリングス達を見る。

「分かった、案内する」

ピリングス達は身を翻して歩き出した。

俺はスラルンとスラポン、そしてシーラを連れてその後についていく。

『ふふっ』

「なんだ？」

『お前には詐欺師の才能もあるのだな、と思ってな』

「はあ?」

なんの事だいきなり。

『不確定の事を、さも『絶対』のように言い切って、相手を信用させる。詐欺師として希有な才能だぞ』

「そうかもしれないけど、他にも活用出来る場所あるだろ」

何も詐欺師なんて——と俺は苦笑いした。

「このままついて行っていいですの?」

交渉の間はずっと黙っていたシーラが聞いてきた。

「え? ああそういえば穴に入って行かなかったな」

「ええ、大丈夫ですの?」

「我々は」

俺達の言葉が分かるピリングスは、前を向きながら俺とシーラのやりとりに入ってきた。

「常に複数の巣を持つ習性がある。天敵から身を守るためだ」

「うさぎみたいなのね」

「見た目も似てるし、そういうものなのかもしれないな」

俺はなんとなく納得した。

ピリングスについて行ってしばし、森の中をぐるぐると回ってるように感じ始めてようやく、ひっそりと茂みの影に隠れている洞穴に連れて来られた。

人間がギリギリ入れる穴の中に一緒に入って、こんどは斜め下にぐるぐると、螺旋階段のように降りていく。

俺はライトの魔法で照らしつつ、無言でついて行く。

やがて、底にたどりつく。

「ここだ」

「……なるほど」

俺は頷いた。

肉眼では、ただの穴の底に見える。

しかし魔力の流れを見られる俺には、ここがただの穴の底ではないというのが分かった。

「なるほど、確かに『根っこ』だな」

「根っこって？」

聞いてくるシーラ。

「果樹みたいなものだ。ここに大地に根を張っている、ピリングスを生み出す魔法の果樹があるって考えればいい」

ラードーンの説明をそのままシーラにも伝えた。

「なるほど……では、果樹の移植を、ですわね」

「ああ」

俺はピリングスを向いて。

「やっていいか？」

「……」

ピリングス達は迷った。

敵ではないと判断してここまで連れてきたのはいいが、連れてくる事と、スポーンホールそのものに手を加える事の重大さとは違う。

その事で今になって迷いだしたようだ。

「りあむさまにまかせる」

「ぜったいだいじょうぶ」

ついてきたスラルンとスラポンは、相変わらずの口調でピリングス達に言った。

屈託のない、まったく邪気のないスライム達に、ピリングス達は決意した。

「お願いする」

「まるで保証人ですわね、この子達」

にこりと微笑むシーラ、俺も同感だった。

俺はしゃがんで、地面に手を触れる。

「やり方は？」

『根を一つも傷つけずに掘り出す。それ以外の不純物は全て取り去る』

「一つも？」

『一つも』

比喩的なものいいだが、その分、分かりやすく難しかった。

俺はスポーンホールの感知から始めた。

根っこはここから下に一〇メートル。

横には曲がりくねった放射線状で、直径一〇〇メートルにもわたって広がっている。

ピリングス達を生み出し続けているだけあって、かなりのものだった。

俺は慎重に、スポーンホールの根を掘り出した。

スポーンホールを構成している魔力だけを残して、土や石、地中に一緒に埋まってるものを取り除きつつ、慎重に抜いていった。

「だ、大丈夫なの？　すごい汗よ？」

「ああ大丈夫。もう分かった」

「え？」

「本当に果樹なら根っこを傷付けてしまうだろうけど、これは魔力だ」

ならば俺には出来る。

絶対に出来る。

今までに培ってきた魔法の知識と、魔力の使い方。

それが俺に自信——いや確信を与えた。

魔力の根と、大地を完全に分離すると。

「テレポート！」

俺はテレポートを使って、その場にいる全員ごと移動した。

やって来たのは街の外れ、建造物が無い空き地に飛んだ。

「こ、ここは」

「街……あっ、魔物がいっぱい」

ピリングスが驚いている間に、俺は一緒に持ってきた魔力の根を大地に『植えた』。

傷一つついていない魔力の根は、ものすごい勢いで大地をまきこんで、根を下ろした。

「あっ」

「本当に……持ってきた」

「すごい……」

根付いた瞬間、ピリングス達はそれをいち早く理解して。

俺に、尊敬と感謝の眼差しを向けてきたのだった。

.108

「これで全部か？」

目の前にわらわらと集まっているピリングス達。

あれから再びシームの森に戻って、テレポートでピリングス達を全員連れて来た。

スポーンホールが丸々移植された以上、ピリングス達がシームの森に固執する理由はない。

移植を目の当たりにした同族ピリングス達の説明で、連れてくるのはスムーズに進んだ。

「これで全員だと思う」

「そうか。じゃあ次はファミリアの契約と、名付けだな」

俺はピリングス達をぐるっと見回した。

全部で百体とちょっと。

ファミリアで契約するだけなら魔力全開で三巡するだけだが、せっかくだから名前をつけてやりたい。

ごく一部の例外を除いて、モンスターは基本名前を持たない。

そういう習慣が無いのだ。

まあ、それは人間も似たようなものだ。

国や地方によってミドルネームがあったり無かったり、そもそも名字も無かったり。

ちょっと違うけど村位の規模だと名前が無くて、『山の向こうのあの村』『川の西岸のあの村』とか言う感じの所もある。

名前ってのは必ずしもあるものじゃないが……それにしたって名前すら無いんじゃ俺が困る。

だから名前をつけてあげようと思った。

「名前？」

「ああ、契約と一緒に名前をつけたら――ほら、あんな感じでこの街の中では明かりと火、それと水、これらの生活に便利な魔法が使えるようになる」

「そんな事が？」

ピリングスは信じられないって顔をした。

最初に出会ってからずっと俺との交渉をしてきた『長』っぽいピリングス。

見た目はただの毛玉っぽいけど、大分その表情の違いが分かるようになってきた。

「試してみれば分かる」

「……分かった」

ピリングスは小さく頷いた。

俺は彼（？）にファミリアの魔法をかけつつ――

「じゃあお前は……モフリン」

俺は直感に従って名前をつけた。

契約の魔法の光がピリングスを包んで、一際強い輝きを放ってから落ち着いた。

「これは……」

「どうだ？　ライトとか使って見ろ」

ピリングス・モフリンは俺に言われたとおり、魔法を使おうと試みた。

数分して、魔法が発動して光り出した。

「こ、これは……本当に魔法が」

「そういう事だ。使える『生活魔法』は街の中にいれば分かる。特にデメリットも無いから、好きに使うといい」

「は、はあ……」

モフリンは半分驚き、半分信じられないって感じで俺を見ていた。

俺は他のピリングス達にファミリアの魔法をかけつつ、名前をつけていった。

全員がもふもふしてて、フワフワしてて可愛くて、名付けもついつい、そういうのが中心になってしまう。

スラルンとスラポン達、スライムと同じパターンだ。

そうやって名前をつけていくが、ふと、俺はある事に気づいた。

今までのモンスター達と違って、ピリングス達は進化しなかった。

契約を済ませても、ピリングス達は今までのピリングス達のままで何も変わらない。

「進化……してない？」

「……ふぅむ」

絶対に進化しなきゃいけないって事はないが、どうせならしてもらいたいって思う。

ハイ・ファミリアでイメージ指定して進化を促そう——と思ったのだが。

イメージが湧かなかった。

ハイ・ファミリアを編み出した時は、ドラキュラというバンパイアの上位種を既に見ているから、そっち方向にイメージしやすかった。

ピリングス達にはそういうのは出来なかった。
今のふわふわ毛玉な見た目で、俺は何も悪いとは思っていない。
だから進化――つまりほぼ『改善』すべきイメージが湧かなかった。
しかたない、今はいっか。
そうやって進化をひとまず諦めて、ファミリアと名付けを続ける。
その間、契約済みのピリングス達は魔法を使い続けた。
光をともして、火をつけて、テレフォンで仲間同士通話し合ったりして。
街の生活魔法を使っては、感心したり興奮したりしてた。
そして、全員の名付けが終わったのとほぼ同時に、異変が起きた。
地面が光り出した。
まるで脈打つかのように、光がドクンドクンと明滅する。
「な、なんだ」
「これってなに?」
「これは……魔力?」
ピリングス達が怯えを見せる中、俺はその魔力を『読み取った』。
魔力の感知力が高い俺は、すぐにそれがピリングス達の魔力だと分かった。
魔力はまるで水が高きから低きに流れるかの如く、一点に向かって行った。
それは、ピリングス達のスポーンホール。

ピリングス達の魔力はそこに向かって流れ込んだ。

『ふふっ』

「なんか知ってるのか?」

『魔力をもっとよく読み取ってみるといい』

ラードーンに言われて、俺は更に集中して、スポーンホールの中に流れ込んだ魔力を読み取ろうとした。

すると、スポーンホールの中には大量の魔力が既に流れ込んでいた。

それはピリングスではない、他の者達の魔力。

エルフ、人狼、ギガース、ノーブルヴァンパイア……etc.。

この街の住人達の魔力だ。

その魔力に、ピリングス達の魔力が混ざって、一つになっていき。

やがて、スポーンホールから一体のピリングスが産まれた。

見た目は、他のピリングス達と大差はない。

やはりふわふわして、もふもふしてて可愛い。

だが、存在感が圧倒的だった。

そのピリングスが生まれた瞬間、

「われ、王なり」

と、可愛らしい声で言った。

その新しいピリングスに、他のピリングスが群がった。

「王だ」

「王様だ」

「やっと生まれた」

群がりつつ、テンションが上がっていた。

「これは……」

『スポーンホールで産まれる魔物は、数十・数百年周期で、大地に流れる力を源に種族の王が生まれてくる』

「そうなのか」

『お前がその誕生を後押ししたのだ』

「あっ、この街の魔力」

『そういう事だ』

ラードーンの言葉に俺は納得した——のもつかの間。

ピリングスキングのまわりに群がったピリングス達の体が光に包まれた。

一体残らず光に包まれた後……皆が少しだけ姿を変えた。

『フェアリーフロス』

「え？」

『ピリングスの上位種だ。王が現われた時、まわりを進化させるのだ』

「なるほど」

これからもスポーンホール系はこういう進化をしていくのかな——と思っていたら。

ピリングスキングが俺に近づいてきた。

「父王よ、お目にかかれて光栄である」

そう言って、俺の前に跪くと。

他のピリングス——フェアリーフロス達も、一斉に俺の前に跪いたのだった。

.109

進化した後、フワフワと浮かび上がって——飛行能力を得たフェアリーフロス達。

「飛べるようになったのか」

「われの支配下にあれば」

ピリングスキングが、愛らしい見た目に似つかわしくない、低くて渋い声と言葉使いで答えた。

「って事は、今近くにいるみんなは支配下に入ってるって事か?」

「そうである」

「距離は?」

「関係は無い。われと一度まみえれば支配下に入る」

「距離関係無いのか。ファミリアの使い魔契約と似てるな」

『むしろ？』

「むしろ？　ああ、昔の人がこれを見てファミリアを編み出したかもしれないのか」

いきなり聞いてきたラードーン。一瞬なんの事かと思ったが、なるほどそういう可能性もありうるのか。

「支配下に入ると飛べるだけか？」

「否。こうする事も出来る」

瞬間、ピリングスキングの目の前にパッ、と別の毛玉が現われた。

まるでテレポートのように、一瞬に現われた。

現われたフェアリーフロスは、大喜びした様子でピリングスキングのまわりをふわふわと飛び回った。

「今のは？」

「われの支配下にあれば、こうして呼び寄せる事も出来る」

「なるほど」

「離れていてもやりとり出来る」

「テレフォンっぽいな、ますますファミリアと似ている」

うん、ラードーンの言うとおり、「むしろ」で、昔の人がこれを見てファミリアを編み出したのかもしれない。

それで後追いした俺が、次々と同じ感じで後追いした。

「我ら種族としては非力だが、数が増えれば、父王の力にもなれよう」

「そうか。分かった。それじゃあ……ああ」

俺ははっとして、頷いた。

「まずは名前をつけないとな」

「名を？」

「そう、おまえの」

「ふ、父王に名を賜《たまわ》れるというのか」

「無いと不便だからな。俺、人間だし」

魔物同士は名前がなくても不便にはならないけど、俺は今の貴族の五男の時、この体に乗り移る前も人間だった。

名前が無いと俺が呼ぶ時不便だ。

「なんという幸甚のいたり……」

ピリングスキングはぷるぷると震えた。

他とは違って、未だに地面にいるキングは、フワフワの毛を波打たせながら震えている。

そんな彼を見て、俺は考えた。

ピリングスだった時の他のみんなと違う名前が浮かんできた。

「お前は――カイザーだ」

そう言って、ファミリアの魔法をかける。

すると、ピリングスキング――カイザーの体が光り出した。

しばらくして光が収まって、体が大きくなって、更にふわふわ感が増した。

そして。

「……われ、飛翔が可能なり」

ふわふわ感が増したのに、言葉使いは変わらなかった。

カイザーという名前に相応しい言葉使いのまま、ピリングスキング改め――フェアリーフロスキングが他と同じように飛び上がった。

カイザーのまわりに、フェアリーフロス達が集まった。

フワフワした毛玉が宙にプカプカと浮かんでいる。

それを眺めていると、後ろからそっと、シーラが話しかけてきた。

「ありがとう」

「ん。彼らは俺が預かる。これでいいのか」

「ええ、感謝いたしますわ」

シーラは改めて感謝の言葉を口にした。

「今後もお願いする事があるかもしれませんけど……」

「分かってる、いつでも言ってくれ」

このタイミングでの『お願いをする』っていうのは、モンスターの引き取りと保護の話だけだ。

ここはほとんど魔物の国だ。

アスナやジョディさん、それにフローラ、今はいないけどスカーレットなど、一部人間がいたり、ブルーノみたいに普通に来たりするものもいるが、九割九分以上が魔物だ。

「感謝いたしますわ」

『主よ』

「ん？　この声は……スカーレットか」

『はい』

テレフォンの魔法で、声を伝えてくるスカーレット。

彼女は今、この街――この国にいない。

しかしいつでも連絡が取れるように、ハイ・ミスリル銀で作った古代の記憶、テレフォンの魔法が使える古代の記憶を持たせてある。

今の彼女なら発動まで一時間はかかるだろうが――それでも手紙とかよりも圧倒的に早い。

「どうした、何があった」

『主にご報告したい事が。出来れば直接お目にかかってご報告を』

「そうか分かった。今どこに――」

いる？　と聞きかけて、言葉が止まった。

目の前にいるふわふわっとした毛玉達の姿が改めて目に入ったからだ。

居場所を聞いて、テレポートで迎えに行くのをやめて、毛玉達を見つめた。

フェアリーフロスと、その王。

王のカイザーの支配下、そしてファミリアの魔法。

この二つの共通点――いや、おそらくはファミリアの原型になった毛玉達の姿。

それを見て、俺は少し考えた。

『主?』

「少し待て――カイザー」

「お呼びか、父王」

「さっきのあれを見せてくれ、支配下にいるのを呼び寄せるヤツ」

「心得た」

カイザーはそう言うなり、再び俺の前に別のフェアリーフロスを呼び寄せた。

「これでよろしいか」

「ああ、大丈夫だ」

今ので、魔力の流れは分かった。

俺はそれを再現するために魔力を練った。

イメージする……支配下を呼び寄せるイメージ。

同等の魔法、ファミリアによる使い魔を呼び寄せるイメージ。

そして。

「えっ?」

成功だ。

俺は目の前にスカーレットを呼び出した。

呼び出された彼女は、まったくの新しい展開に目を丸くさせていた。

.110

「こ、これは……」

まわりを見回すスカーレット。

魔物の街だと分かると、一瞬で飛んできた事にますます驚いた。

「あ、主が何かをなさったのですか？」

「使い魔の召喚だ。契約をした相手なら……多分、どこにいても呼び寄せる事が出来る」

俺はそう言いながら、テレポートで郊外に飛んだ。

この国、スカーレットにとって『約束の地』の郊外に。

飛んだ後、スカーレットを召喚。

「あっ。こ、ここは……」

「見覚えがあるか」

「はい、主と最初の頃に訪れた」

「ああ」

頷き、再びさっきの場所に戻った。

大勢の毛玉達と、シーラがいる場所へ。

「というわけだ」

「さ、さすが主でございます」

状況を理解し、感動した表情で軽く頭を下げるスカーレット。

「それで、俺に話とは？」

「えっと、出来れば人のいない所で」

スカーレットはそう言い、ちらっとまわりを見た。

特にシーラを見た。

「知ってるのか？」

「顔だけは」

「なるほど」

スカーレットもシーラも王女だ。

どこか――そうだな、外交とかそういう感じの場所で会っていてもおかしくはない。

「分かった。カイザー、それにシーラ。用事が出来たから後は好きにしてくれ」

二人にそう言って、再びスカーレットを連れてテレポート。

今度は彼女の屋敷に飛んだ。

ほとんど使われていないが、スカーレットにも街に屋敷を作らせている。

その屋敷に飛んで、リビングに入った。

大きな窓のリビングの中、三度訪ねる。

「で？」

「はい……その……申し上げにくいのですが、ジャミールが、その……」

「うん」

頷き、先を促す。

それでもなかなか先を言わないスカーレット。

よほどの内容なのか？

「……主に、宣戦布告をする事になりました」

「宣戦布告？　戦争をしかけてくるって事か」

「はい……」

消え入りそうな声で、微かにうつむいてしまうスカーレット。

「なんでだ？　お前を輿入れさせて、友好関係を結ぶ方向で進んでたんじゃないのか？」

「はい、一時はそのように話が進められておりました。しかしある時から風向きが徐々に変わってきて、後は雪崩《なだれ》のごとく……」

「一体どうして」

「……」

スカーレットの口から「ギリッ」って歯ぎしりの音が聞こえた後、彼女はパッと顔を上げて、吹っ切れたような表情に変わった。

「まずは、名目。主の事をまったくのペテン師と認定し、神竜様を邪竜、もしくは偽物と認定する事になりました」

「邪竜とか偽物とかって……」

完全に言いがかりじゃないか。

……。

「あれ？　ラードーン？」

『どうした？』

「今の話、いいのか？」

『ん？　…………………ああ』

たっぷり十秒近くの間が空いた後、ようやく得心したような感じになるラードーン。

『どうも感じぬな。凡百の人間にはとうに期待もしておらん』

「……なるほど」

ふと、出会った頃のラードーンの言葉を思い出した。

あの頃もラードーンはこういう言葉を放っていた。

『お前は見ていて面白いがな』

「そ、そうか」

それはそれでむずがゆくて、俺はちょっと赤面した。

そしてスカーレットと目が合って、照れたのをごまかすためにごほんと咳払いしてから。

「しかし、なんでまた」

「金に目が眩みました……とても言うべきなのでしょうか」

「金に？」

「ブラッドソウルと、主の開発したインフラ技術、そしてハイ・ミスリル銀の鉱脈など……それらを手に入れるための……侵略戦争です」

「そんな事で」

「最高一万の魔物の集団なら、殲滅しきれると踏んだのでしょう」

「はあ……」

そんな馬鹿げた理由で。

「それは確定なのか？」

「はい、中立だった貴族達も、ほとんど主戦派に取り込まれました。一戦は避けられないかと」

「そうか……」

俺はあごを摘まんで、思案顔をしながら。

「どうすればいい、ラードーン」

考えても分からないと思った。

魔法の事ならともかく、この話は素直にアドバイスを求めた方がいいと思った。

『主権国家と謳うのなら』

「うん」

『領土の侵犯には毅然と対処すべし』

「毅然と?」

『進入してきた軍勢は殲滅するのがよかろう』

「それがいいのか?」

『うむ』

「分かった。スカーレット、悪いが、ジャミールと戦う事にした」

「よろしいのですか」

「ああ。よく考えたら、俺の決定がついてきたみんなの命に関わってるからな」

戦って負けた時どうなるのか、それは何となく想像出来た。

こっちは魔物だ。

『魔物の殲滅』となれば、相手は容赦しないし罪悪感とかもまったく無いだろう。

ちゃんと立ち向かった方がいい。

「お前はどうするんだ?」

「もちろん、主について行きます。神竜様を邪竜などといわれのない汚名を着せる国など、こちらから願い下げです」

「そうか」

スカーレットならそうだな、と納得した。

「よし、ならまずは――うお！」

戦いに向けてまずは、となったところに、窓の外に二つの姿が見えた。

ガイと、クリスだ。

二人は窓ガラスに張り付いた顔が変形するほどくっつけて、豪快に聞き耳を立てていた。

「お前達……」

見つかった事で、二人は窓を開けた。

「主殿、戦でござるか」

「ああ、ジャミールと一戦を交える事にした」

「どこまでやっていいの？」

「そうだな……」

俺は少し考えて。

ここも、ラードーンの言葉に従う事にした。

「領土に入ってきたら殲滅。入ってこなかったら無視」

簡潔に命令をまとめて、二人に伝えた。

すると、二人は俄然興奮し出した。

「承知したでござる。見てるでござる、イノシシ娘より活躍するでござるよ」

「脳筋には無理無理、あたしが一番ぶったおしちゃうから」

「イノシシ娘は無造作につっこんで包囲されるのがオチでござる」

「脳筋こそ罠に引っかかってたこ殴りされるのが関の山」

二人はいつもの感じで、いがみ合いながら準備のために去っていった。

さて、ジャミール軍、か。

.111

『主、報告でござる』

スカーレットの屋敷の中で、彼女と向き合っていると、テレフォンからガイの連絡が入ってきた。

「どうだ？」

『西の森に潜んでいた間者を叩き出したでござる』

「大丈夫だったか？」

『抵抗してきたから手足をへし折ってから放り出したでござる』

「そうか」

俺は頷いた。

大丈夫か？　というのはガイが怪我とかしてないかって意味だったんだけど、その返事からするとかなり楽勝だったみたいだな。

『ぷぷ、やっぱり脳筋はダメダメじゃん』

新しいテレフォン。

今度はクリスが会話に割り込んできた。

同時に俺とテレフォンをしている時は、他の者の声も聞こえて、自然と三者通話の状態になる。

『何を言っているでござる』

『ふふん……ほーこく！　東の山の洞窟に隠れてた連中を放り出したよ。む・き・ず、で』

俺に報告というていだが、最後の辺りは明らかにガイに当てつけのようになっていた口調のクリス。

『んなっ！』

『どこかのー？　脳筋とは違って？　あたしは超余裕でご主人様の敵を排除出来るもんね』

『んぬぬぬぬ……』

テレフォンは音声のみを届ける魔法だが、二人の今の状況がはっきりと見えてくるかのようだ。

ガイは青筋びくびく、クリスは思いっきり勝ち誇っているだろう。

しかし……クリスはガイと張り合ってる時、ちょっと性格変わるよな。

いやガイもある意味性格変わってるけど。

『面目次第もござらぬ。主よ、次は北の連中を……気づけば無傷で放り出すようにしてくるでござる』

『だから脳筋はアホなのよ。ご主人様、今度は無傷だけど一生のトラウマを心に残すようなやり方で叩き出してくるね』

『うがあああ！』

いがみ合う二人。

最後にそれぞれ相手には負けないと宣言してから、テレフォンを切って、次の闘いの場所に向かって行った。

前の段階で、領内に潜入してきたスパイとかはひとまず放っておくという方針をとっていた。

放っておくとは言っても、完全に野放しというわけではない。

どこにいるのか、何をしているのか。

それを常に把握出来るような状態にさせてあった。

これからはジャミール軍との戦いになる、相手に情報を与えないという意味で、とりあえず各国のスパイを一斉に叩き出す事にした。

「まったく、あの二人は。もう少し仲良く出来ないものなのか」

「私の目にはすこぶる仲が良いように見えますが」

俺の前にいて、ガイとクリスの一連のやりとりを黙って見ていたスカーレットがそう言った。

「そうか？　ずっとケンカしっぱなしだぞ？」

「ケンカをするほど仲が良い、という言葉もございます」

「その言葉は知ってるけど……」

ガイとクリスのやりとりを思い出す。

……うーん、あれが仲いいっていうのは違う気がする。

「さて、スカーレット」

「はい」

俺が話題を変えたのを察知して、スカーレットは真顔で俺を見つめた。

「ジャミールはどれ位の兵で攻めてくる?」

「まずは二万――という事になってます」

「もう決まってるのか?　それとも推測か?」

「私がつかんだ情報によると、です。ただ……」

「ただ?」

「私が主様に臣従していると知れ渡っているため、意図的に偽情報をつかまされた可能性も」

「そういう事もあるのか……」

『人間は昔からやる事が変わらぬ』

ラードーンは感心とも、あきれともつかない口調でつぶやいた。

「申し訳ありません……」

「いや、いいさ。そういう事ならしょうがない。それなら……」

俺は聞き方を変えた。

今、この状況で。

必要な情報は何か、それをスカーレットに聞いて得られるのか。

それらを考えて、まとめてから聞いた。

「ジャミールは本気、なんだ?」

「はい、間違いなく」

スカーレットはすぐに頷いた。

「どれくらい戦えば戦争は終わる？」

「普通に考えて」

スカーレットはそう前置きした上で。

「目的は魔晶石やハイ・ミスリル銀の鉱脈――つまりは資源、金銭目当て。割に合わないほどの損害が出ると分かれば」

と言った。

「なるほど。という事は、最初は思いっきり叩くべきだな」

「おっしゃる通りかと」

「そっか……」

『保険はかけておいた方がいい』

「保険？　どういう事だラードーン？」

『お前は博打をやるか？』

「え？　いやまったく」

『ふふ、だろうな。博打をするような性格ならあそこまでコツコツと魔法を覚えておらん』

これは……褒められてる、のか？

『博徒の思考の一つに、負けが込めば込むほど、それまでの負けを取り戻すための一発逆転を狙うため、延々とやり続ける、と言うものがある』

「ああ」

それは知っている。

分かるか？　って聞かれれば分からないけど、そういう人間は見た事がある。

『戦争もしかり。負けが込みすぎると引き際を誤る事がままある』

「うーん、って事は、損害を与えすぎてもよくない、か？」

『そういう事もある』

俺は迷った。

やりすぎでもよくないってなると。

『圧倒的な恐怖でも与えられれば話は変わるのだろうがな』

「圧倒的な恐怖……あっ」

俺はある思いつきをした。

それを頭の中でまとめて、ひとまずやってみる事にした。

「クリス、聞こえるかクリス？」

テレフォンで、クリスを呼び出してみた。

☆

「こ、ここは……ぐはっ！」

『約束の地』の外。

荒野で目覚めた男は、まず自分がいる場所に驚き、直後に全身を襲う痛みに苛まれた。

「うぅ……」

「はぁ……はぁ……」

そばから声が聞こえてきた。

よく見ると、一緒に魔物の国に潜入した仲間の二人だ。

片方は血まみれになって倒れてて、片方は両足の骨が見るからに折れている状態。

男自身も、直後に吐血をして、内臓に大ダメージを負っている。

「お前達、大丈夫か？　何があった？」

「わ、分からない」

「何も……覚えてない……気づいたらここに」

「……」

男はカッと目を見開いた。

彼も同じように、何も覚えていない。

直前の記憶は、昨夜身を潜めながら干し肉をかじっていたもの。

それが気づいたら、こうして負傷している。

何も分からない、何も覚えてない。

何をどうされたのかも……分からない。

何故殺されなかった、何故生きてる。

何もかもが、分からなかった。

ゾクッ――

その『何もかも分からない』が、恐怖となって男を支配した。

男はそれなりに腕が立つ、豊富な知識を持っている。

何もかも分からない状況から、『殺されていてもおかしくない』という事が分かった。

なのに生きてる――分からない――怖い。

「な、なんで……」

「うぅ……」

仲間の二人も、同じように痛み――同じ、いやそれ以上の恐怖を味わっていた。

☆

三人のスパイから数百メートル離れた場所で、それを見ていた俺。

「成功、かな」

『うむ、見事に恐怖が心を塗りつぶしている。ふふ、よく考えたな』

「ガイとクリスのケンカがヒントになったんだ」

後……自分の体験も。

「何も分からないってのは、意外と怖いもんだ」

俺も、魔法が無ければどうなってたか。

『ふふ、なるほど。その魔法を撃退した敵兵に使うのだな』

「ああ、殺すよりも、恐怖に塗りつぶして返した方がいいだろう」

『悪くない』

ラードーンのお墨付きを得て、戦いの方針が定まっていった。

.112

スカーレットと一緒に、国境にやってきた。

同行したスカーレットが懐かしそうな目で辺りを見回している。

「何かあるのか?」

「すみません。ここ、主とともに、最初に『約束の地』に踏み入った所だな、と思い出してました」

「封印をやぶったのがここだったっけ」

「はい、ここから向こうが――」

スカーレットはそう言って数歩踏み出して、俺に振り向き。

「ガラールの谷でした」

「だったな」

かつて封印されていて、外界からは谷に見えるようにされていた、封印の地。

この封印の地はジャミール・パルタ・キスタドールのどの国の統治も受けてなくて、長らくラードーンの力に守られてきた土地。

だから、この土地の領有権を主張している。

「主は、ここで何をなさるおつもりなのでしょう?」

「それは――って、なんかワクワクしてないか?」

俺を見るスカーレットの目がすごかった。

ワクワクしてたまらない、というような目つきだ。

「も、申し訳ありません。主がまたその御力で、奇跡を見せて下さると思うと、つい……」

スカーレットはうつむき加減になって、頬を真っ赤に染め上げてしまった。

「今回は普通にやるだけだ、奇跡でもなんでもない」

「は、はい。申し訳ありません」

『よいではないか、奇跡とやらを見せてやればいい』

「お前まで……奇跡なんて、俺はただの魔法使いだぞ」

ラードーンのからかいに、俺は苦笑いで答えた。

スカーレットはそう言ってるけど、俺は今まで一度も、奇跡とやらをやった覚えはない。

俺がやってきたのは全て魔法。

魔法というのはただの現実だ。

木を燃やして火をともすのと同じように、魔法は魔力を使って火を起こしたり、様々な現象を起こしたりする。

燃料がないと火を起こせないのと同じように、魔力が無ければ魔法が使えない。

それはただの現実で、奇跡でもなんでもないのだ。

「そんな事はありません！　主は存在がもはや奇跡！　稀代《きだい》の大魔道士として皆が称えるべき！」

「そうか」

これは悪い気はしなかった。

俺の憧れは魔法。リアムの肉体に乗り移る前からずっと憧れだった。

その憧れの魔法を使いこなして、稀代の大魔道士、というのは悪い気はしない。

むしろすごく嬉しい。

「さて」

俺は改めて、スカーレットとの間にある『境界』、かつてのガラールの谷として存在していた、結界の境目を見た。

今はもはや結界など跡形なく、かつてここで封印を解いた俺と立ち会ったスカーレットでもなければ、ここはただの地続きの平原にしか見えないだろう。

「どのような事をなさるのですか？」

「結界を張る」

「結界を？　なるほど！　敵兵を絶対に立ち入らせない結界ですね」

「いや、そんな事はしない」

「え？」

驚くスカーレット。

「鎖国をするつもりはないんだ。出来ればジャミールら……その他の人間の国とも普通に付き合っていきたい。外部の人間を完全に拒絶する結界を張ってしまうとそれも出来なくなってしまう」

「そうでしたか……」

「だから、最弱の結界を張る」

「最弱の結界？」

「そうだ、『何も防げない』最弱の結界だ」

「な、何故そのようなものを……？」

怜悧《れいり》に見える美貌をぽか～んとさせてしまうスカーレット。

百聞は一見にしかず、俺はまずやってみる事にした。

「アイテムボックス」

まずはアイテムボックスを呼び出す。

あらゆるアイテムを収納出来る、容量が術者の魔力に比例する超空間の箱だ。

その中から、ガーディアン・ラードーンを取り出《よび》す。

次に、ガーディアン・ラードーンを『装着』した。

もともとはラードーンのための魔導戦鎧である、ガーディアン・ラードーン。

それをつけると、俺の魔力が倍近くに跳ね上がる。

その代わり消耗も激しくて、短期間しか使えないが——今はそれが必要。

「アメリア・エミリア・クラウディア」

そして、詠唱の口上。

詠唱をする事で、魔力の行使を自分の限界まで引き上げる事が出来る。

パワーミサイルの同時数換算で、実に五十九本まで撃てるという魔力だ。

その魔力を注ぎ込んで、たった一つの魔法を行使した。

才能でいえば、二人に一人が覚える事が出来るすこぶる簡単な魔法。

「モスキートネット」

口にした直後、魔法が発動した。

巨大な光の壁が出来上がった。

壁は左右に開いていって、ぐるり、とこの土地を取り囲んでいた。

高さ二十メートルはあろうかという、赤い光を放つ光の壁。

「す、すごい……あっ、もしかしてこれ、『約束の地』全てを!?」

驚嘆の後、ハッとするスカーレット。

「ああ、約束の地、つまりこの国の国土を囲む——そうだな、光の長城ってところだ」

「すごい……それで敵兵の侵入を防ぐのですね?」

「いや、防がない」

「え？」

「それはしないって言っただろ？」

「そういえば……ですが、なら？」

「ただの警告だ、ここから先は俺達の国だって。国境は、はっきりとさせた方がいいだろ？　それに、赤い色にしておけば、『敵意をもって入ったら容赦しない』という主張にもなるしな」

「あっ……」

「敵じゃないのなら別にいい、敵として入るのなら容赦しない、それだけの魔法だ」

最初の驚きから、俺の説明を受けて、徐々に理解していくスカーレット。

その顔に感動の色が戻ってきて。

「手続きの正義を怠らない主、さすがです！」

まるで、敬虔《けいけん》な信者のような、感動する目になっていた。

.113

月明かりのない、静寂な夜。

草原の小丘の上から、俺は親指と人差し指で作った輪っかを通して、遠くを見ていた。

テレスコープ。遠くの景色が見えるだけの魔法。師匠のマジックペディアの中に入っていた、百の魔法の一つ。

それで見えているのは、即席の柵に覆われた、野営の陣地だった。

草原のちょっとした小丘だが、高低差で向こうの陣地が丸見えだ。

「テントの数からして……ざっと一万人ってところか」

『その辺りだろう』

「というか、なんの躊躇もなく入ってきたな」

俺は「はあ」とため息をついた。

陣地の向こうには、俺が張った結界、赤い国境の壁が見える。

それより内側に入ってきたのはジャミールの軍勢。

スカーレットが言った通り、侵攻してきたジャミールの軍だ。

『あの程度で止まるわけもなかろう』

「赤色って警告色、見ると警戒して止まりたくなるって聞いたんだけどな」

『今の人間の軍隊は、隊列を組んで一斉に前進するスタイルであろう。ならば『皆で渡れば怖くない』という心理だ』

「なるほど……」

『もとより止まるとは思ってもいまい。本気だった、今のお前であればもっと面白い結界も張れたであろう』

「それはそうなんだけど」

ラードーンの指摘通り、あんな結界で止まるとは思ってない。

あくまでこっちの主張を明確にするための結界だ。

ラードーンがいう『面白い結界』についてもそう。

純粋に侵入を拒む力比べのものとか、入ったら何かしら状態異常にかかるものもある。

そういうのはやらないで、ただの色のついた空気の壁にした。

ちょっと警戒するだろうけど、通れると分かったら目的のはっきりしてる相手は普通に通ってくる。

「まあ、しょうがない」

『で、どうする』

「まずは奇襲、損害ゼロでかき回す」

『ほう？　どうやって』

ラードーンの楽しげな、興味津々って感じの感情が伝わってきた。

俺は通信魔法・テレフォンを使った。

「聞こえるか？　ガイ、クリス」

『聞こえているでござる』

『ばっちりだよ』

二人は即座に応答した。

「じゃあ打ち合わせ通り、ガイは東から、クリスは西からそれぞれ単身特攻」

『承ったでござる』

『まかせて、脳筋より働くから』
『イノシシ女ごときに負けるほど落ちぶれておらぬでござる』
「あまり気負うな、そこそこでいい」
『そうはいうが主』
『別に殲滅しちゃってもいいんでしょ？』
直前までいがみ合っていたはずの二人は、同じ感じで俺に許可を求めてきた。
お前達、本当は仲がいいんじゃないのか？　と思ってしまった。
「今回はいい。殲滅は禁止だ」
『えー、それじゃつまんない』
『承ったでござる。それがしがみごと主の命令を忠実に果たしてご覧にいれよう』
『あっ、ずっるーい。ってこの音、脳筋もう突っ込んでるな⁉』
結局いがみ合ったまま、クリスはガイに少し遅れるようにして、突撃を始めた。
テレスコープから見える敵の陣地、左右——東と西の両方から混乱が起きた。
夜の奇襲、ガイとクリスの二人の突撃で、急に慌ただしくなり始めた。
同時に、明かりが次々と消えた。
ガイとクリスに、戦闘のついでに消して回れって命令してあったからだ。
『何故そのような事をする』
「こっちがそれぞれ一人で突撃してるのを分からせないためだよ」

『ふむ、同士討ちを狙うのか』

「……」

『どうした、我がそれを察するのがそんなに意外か？』

にやり、って感じで聞き返してくるラードーン。

「いや、そういうわけじゃないけど」

『月のない夜、少数精鋭による奇襲で混乱と同士討ちを狙う。ありふれた作戦だ』

「そうなのか」

『しょげるな、ありふれているが悪くはない。特にそれが出来る、少数精鋭のコマをもっているのなら積極的に狙っていくべきだ』

「そっか」

俺は苦笑いしつつ頷いた。

魔法と違って、こういうのは自信がない。

思いついて、多分いけそうとは思っていても、魔法ほどの自信は生まれてこない。

だからラードーンに『悪くない』って言われるとちょっとほっとする。

そうこうしているうちにも、陣地の暗闇が徐々に広がって、混乱も広がっていった。

「そろそろだな」

『うむ？』

訝《いぶか》しむラードーンの声。

『まだ何かあるのか？』

「ああ」

『誰にも命じてなかったな……という事はお前が何かをやるのか？』

「大した事じゃない、二人を撤収させるだけだ」

『ふむ？』

「ガイ、クリス。一旦止まれ」

『承知』

『分かった』

二人がそう応じた直後、俺は二人を呼び戻した。

ファミリアで契約した使い魔を、一瞬で呼び戻す魔法。

「ご主人様だ」

「主？　ここはどこでござる？」

「二人ともご苦労様……うん」

俺は二人をねぎらいつつ、テレスコープ越しにジャミール軍の陣地をチェックした。

ガイとクリスの二人を引き上げたのに、混乱は続いている。

そのまま、二人に聞く。

「二人がいた時、同士討ちはあったか？」

「あったでござる」「無かったよ」

声が重なった二人、正反対の答えが返ってきた。

ある事を期待した俺は、驚いてクリスに聞き返した。

「無かったのか？」

「うん！　そんなのもったいないじゃん、ご主人様の敵、味方同士でやり合う前にあたしがぶっつぶしといた」

「ああ、そういう事……」

俺は苦笑いした。

「やっぱりイノシシ女でござる」

「何を！」

二人はいがみ合いを再開。

それを放置して、テレスコープで観察。

東も西も、まだまだパニックが続いてて、同士討ちが続いてた。

『なるほど、超少数精鋭の突撃、機が熟したところにお前の魔法で瞬時引き上げ』

「うん」

『ふふ、面白い。その戦術、必殺級となりうるぞ』

ラードーンに思いっきり褒められて、それまで不安だったのが一気に嬉しさに変わっていった。

.114

朝になって、陣地を引き払ったジャミール軍は行軍を再開した。

先行させた斥候が持ち帰った情報では、一キロ先の地点に二〇〇人のエルフの部隊が待ち構えている事が分かった。

正面こそエルフ二〇〇人だが、左右の林の中にそれぞれ同数と思われる魔物が潜んでいる。

この報告を受けた指揮官は斥候をねぎらいつつ、浅はかな待ち伏せに冷笑した。

とはいえそれなりに戦歴のある指揮官である。

斥候に更に慎重に、他に伏兵はいないかと探らせた上で、進軍を続けた。

ほどなくして、ジャミール軍はエルフの二〇〇人隊と接触。

指揮官は左右の伏兵に対処をさせつつ、突撃を命じた。

戦闘が開始――となった途端、エルフ達は魔法を放った。

二〇〇人が一斉に放つまったく同じ魔法。

辺りは一瞬にして暗闇に包まれた。

早朝なのに、まるで深夜のような暗さ。

日蝕でももう少しは明るいであろう暗闇の中、ジャミール軍は混乱に包まれた。

早朝なのに瞬時に闇、どれほど優秀な指揮官であろうと、この急変に兵が動揺する事を完全に抑えきるのは不可能である。

パニックになった途端、魔法がジャミール軍に降り注いだ。

暗闇の中からは見えないが、それは左右の魔物達が一斉に放った、放物線を描いて飛んでいく氷の槍だった。

集団戦闘、特に軍に於いては、一斉射撃にはファイヤボールを採用する事がほとんどだ。

炎の魔法は氷の魔法に比べて才能を持つものが多く、ファイヤボール程度ならば術者を揃えやすいという事からそうなりがちだ。

軍集団においては、数が一番の力であるというのは紛れもない事実である。

しかし、飛んできたのは氷の槍だった。

暗闇に包まれている事もあって、ジャミール軍はそれにまったく反応出来ず、あっちこっちから悲鳴と怒号が湧き上がった。

闇が晴れた後、ジャミール軍は死屍累々の上、陣形もばらばらという惨状を晒した。

その中、指揮官はさすがにいち早く落ち着きを取り戻した。

暗闇で一瞬頭から離れてしまった、左右の伏兵の対処にそれぞれ部隊を割いて、攻撃に向かわせた。

しかし、別働隊が本体から離れた途端、進軍が止まって、隊列が乱れ、遠目からでも分かるほどパニックになった。

幸か不幸か、パニックは長く続かなかった。

別働隊はバタバタと倒れていき、瞬く間に立ってるものがそれぞれ一人だけになった。

片方は巨漢のギガースというモンスター、もう片方は雌型の人狼と呼ばれているモンスター。

指揮官は気づいた、あの暗闇の中に別働隊に潜り込まれていたのだ。

そして一緒に別行動し、本隊の救援が間に合わなくなった位置で、正体を明かし、別働隊を殲滅した。

指揮官は悩んだ末、撤退を命じた。

あの暗闇の間に、潜入者とは違う、さらに何かがしかけられているかもしれない。

この状況ではまともに進軍、戦闘は出来ないと、指揮官は撤退を命じた。

ほんの一瞬で、ジャミール軍は二千人の兵を失った。

☆

俺は遠くからテレスコープの魔法でジャミール軍が撤退していくのを見つめていた。

『こちらアルカード。敵指揮官の周囲に潜入した』

「相手はどんな感じだ？」

『悔しそうにしてるが、まだ冷静のように見える』

「分かった。そのまま潜入を続けて。正体がバレないようにするのを最優先」

『分かった』

暗闇に乗じて、潜入を命じたノーブルヴァンパイアのアルカードとのテレフォンを切った。

ノーブルヴァンパイアは人間と非常に近い見た目をしている。

それを利用して潜入をさせた。

『あんな魔法をいつの間に開発したのだ？』

「あんな魔法？」

『暗闇の事だ』

「ダークか。ライトと同じタイミングだ。ライトが明るくするのと同じで、ダークも暗くするだけ」

『そんなのよく、作る気になったな』

「徹夜明けの経験で。完徹した後、疲れてるのに朝日のせいで寝れない事があるからな」

『ふふ、なるほど、人間ならではの発想だな』

ダークの魔法をラードーンに褒められた。

『しかし、上手くやったものだ』

「ダークの事？」

『ガイとクリスの事だ』

「ああ」

ジャミール軍がこっちの伏兵を対処させるために送った別働隊。

その中に、暗闇に紛れて単独潜入させた、ガイとクリスを紛れ込ませていた。

二人とも単独で動く方がもはや得意になってきてて、更に互いに対抗意識を持っているから、こういう命令は大喜びで受けた。

『うまくはまったものだ』

「人間って、一つの事しか考えられないみたいなんだ。パニックになった時とか、集中する時とか」

『ほう?』

「だから、ほとんどの人は魔法を一度に一つしか使えない。その性質を利用させてもらった」

俺はそこで一呼吸おいて、さっきの流れを一度頭の中で思い浮かべる。

「最初は意識してた伏兵でも、暗闇でパニックになったら忘れる。その伏兵が一斉射撃してきたら、今度は暗闇で何をされたかもしれないってのが頭から抜ける。古い事はどんどんどんどん頭から押し出されてしまうんだ」

『なるほど。不便なのだな、人間というのは』

「でも、何回かやられたら今度は疑心暗鬼になる、そして思考がちょっとさかのぼる」

『ほう?』

「今頃、昨日の夜襲を思い出して警戒している頃だろう。せっかくだから、疲れていてもらう。音だけを出す魔法をこの後しかける手はずになってる」

『やるではないか。ふふ、ここまでされると、相手の事がかわいそうになってくる』

魔法の事じゃないから、密かに不安だったのだが、ラードーンのお墨付きを得て、俺はまた少しだけ安心した。

.115

夜、遠目にジャミール軍の陣地の混乱を眺めていた。

連日の夜襲で、この日の襲撃が終わっても、陣地は遠くから眺めていても分かる位、混乱に陥ったままだった。

『王よ』

テレフォンが入ってきた。

優しげなイメージがする、青少年の声だ。

声だけじゃ分からないが、このタイミングならノーブルヴァンパイアの誰かだろう。

「どうだった?」

『作戦通り、夜襲で倒した兵には、首筋に吸血痕を残してきました』

「ご苦労、街に戻ってやすんでいいよ」

『分かりました』

テレフォンが切られて、再び夜の静寂が戻ってきた。

『なんのためにそうさせた?』

「アルカードの援護。夜にバンパイアが来る、って印象づけるため。向こうは昼間でも活動出来るノーブルヴァンパイアの存在をまだ知らないはずだから」

今のところ、有名なのは賞金首になっているガイとクリス位だ。

ノーブルヴァンパイア勢はまだ存在を知られてなくて、首に残った牙の跡二つ――吸血痕を見れば、夜だけしか活動出来ないバンパイアを想像するはず。

「これで向こうは夜をより警戒するはずだ、ついでに――人間って頭に残しておける事はそんなにないってさっき言っただろ？　この先バンパイアがらみの事は夜だけ警戒するようになる」

『ふむ』

「アルカードが行動しやすくなるし、いざとなったら『昼でもバンパイアが出た』って撹乱にも使える」

『よくそこまで考えるものだな。感心するよ』

なんか褒められた。

「これで撤退してくれると嬉しいんだけど」

『そうなればよいな』

「……しないのか？」

ラードーン一流の、もったいぶったまわりくどい言い方。

語気も相まって、こういう時のラードーンの台詞は別の意味が隠されている。

この場合、『これで撤退しない』って、断言されているようなものだ。

『そこまで搦め手を重ねた事は素直に感心する。我には到底出来ぬ事よ。だが』

「うん」

『それをやられた相手はこう考えよう。こんな小技を続けるのは、自軍の戦力に自信がないからだ。と』

「なるほど」

『博徒の話はしたな？』

「…………負けが込むと一発逆転を狙うようになる？」

『その通り』

ラードーンは「ふっ」と笑った。

『どうにか正面衝突に持ち込めば、一回の決戦で全てにカタがつく。向こうはそう思っているだろうな。致命的な損害をもらうまで撤退は無くなった。そういう意味では逆効果だろうな』

「逆効果なのか？」

『ふふっ、しょげるな、言い換えよう』

ラードーンはいつものように楽しげに笑った。

『下ごしらえも調理の手順も文句のつけようがない。ただ調味料が見当たらないだけだ』

うっ、それはまずそうだ……。

「調味料は何をすればいい？」

『ふふっ』

またまた笑うラードーン。

さっき以上に楽しげな感じで、それを楽しんでいるせいか答えようとしない。

「どうしたんだ?」

『いや何、やはり面白い人間だと思ってな。そこまで色々思いつけるのに、知らぬ答えを尋ねるのに躊躇がない。そういえばお前にプライドを感じた事も無いと思ってな』

「プライドと何か関係があるのか?　知らない事を聞くのに」

『ふふっ、お前はそれでいい』

ますます楽しそうにするラードーンだが、今度はそこそこで切り上げてくれた。

『簡単な話よ』

☆

翌朝、俺はジャミール軍の進行ルート上に一人で立っていた。

間に何も遮るものがない、広がる平原にまっすぐ延びた街道。

数百メートルまで近づかれた所で、ジャミール軍の進軍が止まった。

止まりはしたが、遠くからでも向こうが警戒しているのがはっきりと伝わってくる。

『これまでの成果だ』

ラードーンは出来のいい教え子を褒めるような口調で言ってきた。

『今なら十二分に効果が出る、仕上げだ』

「ああ」

俺は頷き、右手をまっすぐ突き上げた。

「アメリア・エミリア・クラウディア」

まずは詠唱で魔力を高める。

すると右手の上に直径一メートルほどの魔法陣が広がった。

それが更に上に伸びて、一メートル上に直径二メートルの魔法陣が広がった。

二メートルの上に、今度は直径四メートルの。

四メートルの上に、直径八メートルの――。

そうやって、天まで昇る、円錐《えんすい》形で魔法陣の積層が出来上がった。

それを見たジャミール軍がますます動揺する。

魔法を発動する。

地下祭壇で、一晩と五十九ラインの同時魔法で一気に覚えた、ラードーン仕込みの大魔法。

「エターナルブレイズ」

瞬間、魔法陣が弾け、漆黒の業炎がジャミール軍を包み込んだ。

神聖魔法・エターナルブレイズ。

永遠に続く激しい炎。

通常の手段で消す事が出来ない炎は、あっと言う間に全軍に延焼していく。

戦略級の大魔法一つで、今までとは比較にならないほどの大きな損害を出した。

「す、すごいな、この魔法……」

『ふふっ、それを一晩で覚えたお前の方がすごいぞ。人間で言えば空前絶後。そのレベルだ』

自分の作った魔法を一晩で覚えて、さっそく実戦で使われた事に、ラードーンは満足げに笑ったのだった。

.116

ジャミール王国、王都某所。

三人の男が深刻な表情で顔をつきあわせていた。

文官の格好をしている、中年の恰幅のいい感じの男——

兵務大臣、ハンブトン・デュラント。

頬に大きな傷跡があり、いかにも猛々しそうな武将の顔で、重厚な鎧を身につけている——

親衛軍総隊長、ウェルス・ウェア。

そしてウェルスよりも格が落ちる質素な鎧を身に纏い、あっちこっちが土埃だらけの青年武将——

ハーレイ・イースト。

ハンブトンとウェルスが座っているのに対して、ハーレイは二人に土下座している、という格好だった。

「申し訳ありません。兵を失ったのはひとえに私のミスです。いかなる処罰も甘んじて受ける所存です」

「おめえがこんなボロボロにされて帰ってくるたあな。どれ位うしなったんだ？」

「逃走兵も含めて、八割を損失しました」

「相手は？」

「……」

ハーレイは押し黙った、うつむいた顔は唇をかみしめていて、土下座の手も床をわしづかみにする勢いで爪を立てている。

ハンブトンとウェルスが視線を交換した。

よほどの大敗だと理解したのと、これ以上の追及はよそうという合意だ。

「それよりも、詳細を報告して下さい」

「詳細……でありますか」

「これ以上の敗北を喫さないために、負けた時の状況を事細かに伝えて下さい」

「おう、それが敗軍の将の義務だ。しっかり勤め上げろ」

ウェルスのおそらくは心遣いに、ハーレイはハッとして、顔を上げた。

血がにじむほどかみしめた唇を解放して、一度深呼吸。

気持ちを切り替えて、よどみなく話し始めた。

真面目な将であるのが、その切り替え方と、報告の内容からもうかがえる。

彼は率いた軍と、リアム＝ラードーン軍との戦いの全てを話した。

数日間にわたる、一方的な戦いの様子は、語りきるまでに二時間はかかった。

その間ずっと黙って聞いていたウェルス、気になる所を指摘して、掘り下げるハンブトン。

やがて、全てを語り終えた後、だまっていたウェルスがハンブトンの方を向いて。

「どう思うよ」

と聞いた。

ハンブトンは物静かなまま、しかし難しい表情で。

「二人……と思います」

「何が？」

「作戦の参謀、もしくは軍師に相当する人間が」

「そういう意味か。ああ、二人だな」

ウェルスは大きく頷いて、ハンブトンの意見に同調した。

「最初の小技と、最後の大技。あきらかに作戦を立てたヤツの性格が違う。別人だ」

「そうですね。どちらもやっかいですが……怖いのは小技の方」

「それも同感だ。どう聞いたって、全部の作戦に、リアムとやらが魔法で絡んでる」

「え？」

ウェルスの言葉に驚くハーレイ。

彼が今まで気づかなかった事を、話を聞くだけでウェルスは気づいていた。

「そうですね、魔法を得意とする王の性質をよく知っていて、その良さを引き出している作戦。やっかいです」

「それがそいつ本人だって可能性は？」

「考えたくないですね」

ハンブトンは首をゆっくり振って、ため息をついた。

「なんでよ、性格と才能があってるからか？」

「我が国の宮廷魔術師の性格は？」

「あん？　なんでいきなり。わがまま？」

いきなり話が飛んでも、ウェルスはハンブトンの質問に答えた。

「宰相は？」

「偏屈じいさん」

「大将軍」

「一緒に酒飲めねえな」

次々と向けられる質問を、次々と答えていくウェルス。

ハンブトンがあげた人間はいずれも、高位にあって性格に難ありの人間のようだ。

「リアム本人は最後に、大魔法を放ってきた」

「おう」

ウェルスは大きく頷いた。

「小技もやってきた」

「ああ」

「もしどっちかが本人の発案なら、彼は自分の考えとまったく違う意見を普通に取り入れる事が出来る人間という事になります。しかも自分が実行する側なのに」

「……やべえな」

ウェルスの表情が初めて変わった。

「王でありながら、戦略級の大魔道士級の能力を持つ人間が、自分とまったく違う意見を取り入れられる柔軟な思考が出来ると思います？」

「すくなくとも、ジャミールの上層部にゃいねえな」

「自分なら出来ると主張する場面ですよ」

「むりむり、俺が一番偏屈だ」

ウェルスはかかかと笑った。

ハンブトンも、ふっと比較的和らいだ笑みを浮かべた。

それも一瞬だけの事、二人の表情は再び翳《かげ》った。

それにつられて、ハーレイの表情もますます険しくなった。

「あの国の評価、し直さねえといけねえな」

「陛下に進言して頂けますか？」

「おう、それが俺の仕事よ。ちょっとケンカしてくらあ」

「ほどほどにして下さいね。やりすぎてあなたがどうにかなったら本末転倒ですから」

「はは、この国で一番偏屈なのは王様だったっておちか？」

笑い合うハンブトンとウェルス。

この場は、これで解散した。

大敗北を喫したハーレイは、処分が降るまで自宅謹慎をハンブトンに命じられた。

無論、ハンブトンもウェルスも、この敗北で大きな処分をするつもりはなかった。

むしろ国王に何か言われれば、かばうつもりでさえいた。

それほどに話を聞いた二人は、リアム＝ラードーンの国王、リアムの事を全力で警戒し始めていた。

.117

夜、街の中央広場で、大きな宴が開かれていた。

ライトの魔法で街は昼間のように明るく、熱狂的な盛り上がりで渦巻く熱気は盛夏に匹敵するほどのものだった。

宴を開いた理由は、ジャミール軍を撃退したから。

二万の軍勢を死者無しで撃退したという大勝利に、街の住人は沸きに沸いていた。

俺はというと、中央にある巨大なキャンプファイヤー、それをよく見える特等席に座らされていた。

『リアム、こっち引っ張って』

テレフォンの魔法でアスナの声が聞こえて来た。

俺は要求通り、魔法で彼女を呼び寄せた。

「ただいまリアム。わっ！　すっごい盛り上がってる」

「どうだった？　ギルドは」

ジャミール軍を魔物の軍勢が撃退した。

その事実がハンターギルドにどう影響するのか知りたくて、俺はアスナに頼んで様子をさぐってもらってきた。

「あっちも大盛り上がり」

「大盛り上がり？　お通夜ムードとかじゃなくて？」

俺はそれに驚いた。

魔物が人間の軍を撃退したんだから、恐れられているものだと思ってたんだけど。

「ハンターだからね、ギルドにいるメンツは。リアムが壁を作って、入ってきたジャミール軍だけを追い払ったってのが伝わってたから、バカにされてる」

「バカに」

「そっ、蜂《はち》の巣を突っついてばっかでー。な感じ」

「ああ、なるほど」

蜂の巣というのは上手い例えだな、と俺は思った。

まさに、俺はそういう形にしようと、今回色々やった。

蜂はたしかに恐ろしいだ、しかしその巣をあえて突っつかない限りは脅威にはならない。

もちろんハチミツを狙って手を出そうとする人間もいるだろうが、そういう時は覚悟しろよ、と。

その俺の狙いが、俺が言語化出来なかった形でハンターギルドに伝わっているのを知って、ほっとした。

「ハンターってさ、別にすすんで魔物を襲わないいんだよね。依頼とかにならないとまずやらない。だからリアムがやろうとしてる、進入しなきゃ手を出さないってのは、ハンターからするとありがたいし、他人事で見てられる理由かな」

「って事は、ハンターギルドが敵に回る事は？」

「無い無い。今んとこは。まっ、ジャミールがハンターギルドに大金とかつんだらしょうがないけど」

「たしかにそれはしょうがない」

そうなると仕事で、依頼を受けたハンターは動き出す。

そういうのまで、止める事は出来ない。

「あっでも、ちょっと変化もあった」

「どんな？」

「ガイさーん！　クリスちゃーん！」

アスナが大声を出して呼ぶと、その二人がやってきた。

ガイはギガース達と樽の酒で飲み比べをしてて、クリスはいろんな女性型の魔物達とキャンプファイヤーのまわりで踊っていた。

「どうしたでござるかアスナ殿」

「戻ってきたんだ、一緒に踊ろ」

「それは後で。それよりも二人とも、上がってたわよ、懸賞金」

ガイとクリス、二人の目がキラーンと輝いた。

アスナは二枚の紙を取り出した。

二人の手配書だ。

「はいこれ、ガイさんの」

「うおおおお！　上がってるでござる。一〇〇枚……金貨でござるな」

「うん、これでガイさんもA級の賞金首だよ。おめでとう」

「うむうむ、当然でござるな」

「あたしのは？　ねえあたしのは？」

「クリスちゃんのはこっち。金貨二一〇枚。ランクは変わってないよ」

「おー」

「がははは、お情け程度の症状でござるな。これなら拙者、次の戦辺りでイノシシ女を超えるでござる」

「ぐぬぬぬぬ……あっ」

ガイの挑発に悔しそうにしてたクリスだが、握り締めた自分の手配書で何かを見つけたのか、表情が一変して、にやっと笑い出した。

「ふふん」

「な、なんでござるか」

「これを見なさいよ」

クリスは自分の手配書をガイに向けて突き出した。

「見ろと言われても、イノシシ女の間抜け面ではござらんか――むむっ」

ガイも、その『何か』に気づいたようだ。

「ふふん、気づいた？　そう、あたしの名前」

「名前？」

気になった俺は、横から手配書をのぞき込んだ。

すると手配対象の所に、見慣れない表現が書かれていた。

「白銀の人狼……これ、二つ名か」

「うん！　あたしの見た目にちなんだものだろうね」

「なるほど……うん、白銀の人狼、かっこいいな」

俺は素直にそう思って、口にした。

すると、それを受けてクリスがガイに向かって。

「そっちは何かついてる？　あっ、もしかして『脳筋のガイ』とかだったりする？」

「ぐぬぬぬぬ……」

ガイは自分の手配書をくしゃくしゃにした。

顔が真っ赤になって、頭のてっぺんから湯気が噴き出しそうな勢いだ。

いがみ合うガイとクリス。

これはもうほっとこうと思った。

「リアム様」

「ん？」

声に振り向く、一人のエルフの少女が、瓶を持って、頬を染めながら俺を見つめていた。

「ああ、ありがとう」

酌をしたいんだとすぐに理解して、俺はコップを差し出した。

彼女はそれになみなみと瓶の中身を注いだ。

「あの……リアム様、すっごく格好良かったです」

「かっこいい？」

「あの魔法を使った時のリアム様です」

「ああ、大魔法か」

「はい！　すごく格好良くて――一生忘れません」

「そんな大げさなもんじゃないよ――これだろ？」

俺は手を空に向かって突き上げた。

大魔法を使わずに、魔法陣を広げる。

手元から上空に伸びて、逆円錐形の魔法陣の積層。

「あっ……」

エルフの子はうっとりして、俺の姿を見つめた。

そんなに気に入ったのか——と、思っていたら。

「あの時のリアム様だ」

「すごくかっこいい……」

「神々しいぞ……」

宴してた魔物達も手を止めてこっちを見つめる。

一部にいたっては、俺を拝んだりしている。

「神様とか天使様っぽいね、それを出してるリアムって」

アスナも、好意的に言ってくれたのだった。

.118

迎賓館の中、俺は若い男と向き合っていた。

文官の服飾で身を包んでいる三十代の男で、男は座っている俺に深々と頭を下げた。

「リアム陛下にお目通りかない光栄至極に存じます。私の名はニック・ノース。ジャミール王国外務大臣、ロビー・ルランドの名代で参りました」

「えっと、よろしく。とりあえず座ってくれ」

「ありがとうございます」

ニックと名乗った男は、慎重に俺がすすめた座についた。

そして座り姿でも恭しさを失わずにこっちを見つめてくる。

「で、何の用だ？　名代って事は、使者……って事か？」

「さようでございます」

ニックは小さく頷いた。

「リアム陛下におかれましては、寛大な御心で、戦場探索をお許し頂きたいのです」

「戦場探索？」

俺は首をかしげた。

戦場って、この前交戦した所だよな。

そこを探索するって、何を調べるんだ？

『死体の収容だよ』

頭の中でラードーンの声が聞こえてきた。

『我にはその感情は分からぬが、人間にとって死体――いや、遺体と呼んでいたか、それはかなり重要なものらしい』

ああ……なるほど。

遺体の引き上げのためって事か。

『うむ、戦争の度にこういう事はよくあった。どっちかが滅ぶまで決してやめないような戦いでもない限りは、そういう申し出は許可されてきた。遺体すら戻ってこないのでは国民からの突き上げがキツいらしくてな。こればかりは明日は我が身、という事だ』

なるほど、話は分かった。

俺は頷き、ニックに再び視線を向けた。

俺が考え事をしていると見えるような、ラードーンとのやりとりの間も、彼は邪魔することなく静かに俺の返事を待った。

「分かった、許可する」

「ありがとうございます」

「じゃあ、現場に向かおうか」

「え？　陛下自らですか？」

「さすがに無条件で入れるわけにはいかないからな。ちょっとイジってくる」

☆

「こ、ここは……」

「一瞬で？」

「これが……神聖魔法……」

ニック率いる使節団を連れて、テレポートで郊外に飛んだ。

最後に撃退した場所、俺が大魔法を放った所だ。
魔法を放った先は今や黒焦げになっていて、遠目からでも色々転がってるのが見える。
そんな所に連れてきたが、ニック達はテレポートにより驚いていた。
それは都合がいい、驚いてる間にこっちの事をやってしまおう。
俺は一歩前に進み出て、魔法を使う。
「モスキートネット」
今でも遠くにうっすらと見える、赤い壁を作った結界の魔法だ。
今度はそれを、青色にした。
ジャミールとの国境へと続いている街道から、この戦場跡まで青く包み込んだ。
赤い壁の一角に穴をあけて、青い道を作った形だ。
その青い道の外側に再び赤い壁を作った。
まさかこの使者団だけで遺体の収容をする事もないだろう。
俺の許可が下りた、ってのを伝えて、正式に部隊でも送り込んでやらせるんだろう。
『ふふ、初めての話でもさすがにこれ位の事は分かるか』
ラードーンがいつものように楽しげに笑った。
最近、ますます彼女が教師のように思えてきた。
俺が『正解』を出す度に、彼女はこうして楽しそうに言ってくるのだ。
「こ、これは……今のは、陛下が?」

一方で、ニックは俺がやった事を見て、再び驚いた。

「ああ。この青の中は自由に通っていい。許可無く赤い壁を越えたら」

「こ、越えません。誓って」

ニックは慌ててそう言った。

まるで俺の温情の心変わりを恐れての反応だ。

その反応を見れば、何も無いのは分かるが、万が一って事もありうる。

レイナ達に――いや、ガイ達に頼んで、遠くから監視しててもらうか。

『その必要はない』

「え？」

『我が手伝ってやろう』

「ラードーンが？」

俺は驚いた、ラードーンがこうして、自分からすすんで協力を申し出てくるのは割と珍しかった。

俺が頼めば、割と協力してくれる。

しかし、それは俺が『何をすればいいのか分かっている』時で、それを頼んだ時ラードーンはほとんど断らない。

だけど自分からすすんでなのは、これが初めてなんじゃないだろうか。

『宴の時にやったあれ、もう一度やってみるがいい』

「あれ？」

『魔法陣だ。見せるだけでいい』

「あれか……分かった」

俺は手を天に向かって突き上げた。

逆円錐形の、積層の魔法陣を作り上げた。

おそらくは数キロ離れた先からでも見える威容を誇る魔法陣。

それを至近距離で見せられたニックらは驚いた。

「へ、陛下。何を……」

『もういい、魔法陣を収めよ』

俺は頷き、魔法陣をしまった。

直後、光が放った。

まばゆい光がまわりを充満した後、なんと、ラードーンがそこにいた！

いつぞやの小さな女の子の姿ではない。

最初に会った、森の中で鎮座している巨大なドラゴンの姿だ。

「こ、これは……」

「まさか……魔竜⁉」

「それを召喚したというのか⁉」

ますます驚愕するニック達。

そこに、ラードーンが口を開く。

威厳のある、重々しい口調がこの場にいる全員の鼓膜を強く打った。

「分かった、見張っていてやろう」

「「「！！！」」」

ニックらの驚きが、目に見えて最高潮に達した。

『ふふふ、お前への恐怖を煽るのは、存外面白いな』

ラードーンは俺だけに聞こえる声で言ってきた。

彼女の言うとおり、ニック達は畏怖の目で俺を——一部震えていた——見つめていたのだった。

.119

『もしもし、こちらアスナ。街の東の端っこにいるよ』

『ジョディよ。言われた通り西側に来ているわ』

街の中心で、二人とテレフォンで通話をしていた。

「二人ともちゃんと聞こえてるか？」

『うん、聞こえてるよ』

『これからどうするの？』

やりとりが出来た事を確認してから、俺は二人に告げた。

「今からある魔法を使う」

『なんの魔法なの？』

「それは言えない。だけど、魔法の効果が出たって思ったら、こっちに戻ってきてくれ」

『うん、分かった』

『そういう事なら、いつでもいいわ』

「じゃあ、いくぞ」

俺はそういい、魔法を使った。

「マジックキャンセラー」

師匠からもらったマジックペディアの中にあった魔法の一つで、今まで使ってこなかった物の一つ。

効果はいたってシンプル、発動している魔法を『かき消す』ものだ。

それで『テレフォン』の魔法を消そうとした。

次の瞬間、二人の声が聞こえなくなった。

声だけじゃない、そもそも『テレフォン』自体が無くなっている。

成功か？　と思った次の瞬間。

「リアム！」

街の東側から、風の如く超スピードでアスナが走ってきた。

「どうだった？」

「聞こえなくなった！　だから戻ってきた」

「そうか」

「今のってどういう事？」

「ジョディさんが戻ってきたら説明するよ。それまでに靴紐、結び直しなよ」

「おっとまたか。全力でダッシュするとほどけたり切れたりするんだよね」

アスナは苦笑いした。

俺の使い魔になって能力に覚醒した彼女は、ものすごいスピードを手に入れた。

そのスピードに靴が耐えきれない、という事なんだろうか。

何か彼女の靴を……と、そんな事を思いながら、一緒にジョディさんを待った。

アスナの時よりも大分長めに待っていると、ジョディさんが歩いて現われた。

「ただいま、リアムくん」

「お疲れ様」

「魔法を打ち消したのね」

「ああ」

俺は頷いた。

「魔法を消したってどういう事？」

「そういう魔法があるんだよ、発動した魔法を消す魔法、あるいは結界が。それを使ってテレフォンの効果を無くした」

「へー、でも、なんのために？」

「戦争が続くと、場合によってはこの街が包囲される可能性がある。包囲されて、籠城《ろうじょう》戦になる可能性が」

「ふむふむ」

「最初はそれを大丈夫だって思ってたんだ。包囲されても、テレポートがあればどうとでもなるって。だけど、俺がもしテレポート持ちを包囲する側になったら、まずはそれを阻止するところから始めると思ったんだ」

「そうね、物理的にだけじゃなく、魔法的にも囲まなければ包囲の意味が無いものね」

ジョディさんは納得して、深く頷いた。

「そういう事。それでこのテスト。テレポートとテレフォンの『本質』は同じ魔法だ。テレフォンが邪魔されるのなら、テレポートも相手次第で使えなくなる可能性がある」

「考えすぎなんじゃないの？」

アスナはそう言うが、俺はゆっくりと首を振った。

「さっきも言っただろ？　俺ならそうするって。魔法に詳しい人間だったらまずそれからやると思う」

「リアムくんの魔力に負けて封じ込めない可能性は？」

「むしろ俺が負ける可能性を考えなきゃ。ラードーンか、それと同格の存在なら簡単に阻止出来ると思う」

俺がこの事を考えた理由の一つがラードーンだ。

彼女は今、俺に協力して、ジャミール軍の戦場探索を見張ってる。

つまり俺に、人間に肩入れしてる。

そもそも『三竜戦争』というものに深く関わっているのがこの『約束の地』だ。

ラードーンと同じように、人間側に加担してる竜かそれと同等以上の存在があってもおかしくない。

可能性がある以上、対処するべきだ。

「そっか……リアムのテレポートが封じられて、応援を呼びにいけないって事だね」

「それもそうだけど、もうひとつ」

「何かしら」

「本当に籠城になったら食糧がいる。それも最初は『アイテムボックス』に年単位の食糧を貯蔵しとけばいいって思ったんだけど、アイテムボックスも封じられる可能性がある」

「そういえばそうね……ふふ」

「どうしたんだジョディさん」

聞くと、ジョディさんは楽しげに笑いながら答えた。

「いえ、純粋にすごいと思って」

「何が？」

「アイテムボックスさえあれば、十年でも二十年でも籠城出来るという事でしょ？　資材的な意味で」

「ああ、確かに。準備はいるけど、そういう事になる」

「十年持つ籠城戦なんて、聞いた事もないわ」

なるほどそういう事か。

確かに、俺も聞いた事はない。

自分では『出来る』って言い切ったけど、普通はそれ無理だよなあ。

「それで、リアムはどうするつもりなのさ？」

「魔法を使えないから、大規模な蔵を作って、そこに食糧を貯蔵する」

「正攻法ね」

「だね」

「そうなれば、早速場所を見繕って立てさせた方がいいわね。食糧も今のうちから運び入れた方がいい。ジャミール軍がいつまた侵攻してきてもおかしくないわ」

「そうだな。どこら辺がいいかな」

俺は辺りを見回して、考えた。

食糧を貯蔵する倉をどこに置いたら一番いいか、それを考えた。

「アスナ、靴紐がほどけてるわよ」

「え？　あっ本当だ。一度ほどけちゃうとまたほどけやすくなるんだよね——あっ切れた」

靴紐を結び直すアスナ、唇を尖らせてしまう。

「……それだ」

「それだって？　何が？」

俺は無言で、アイテムボックスを呼び出して、中から布袋を一つ取り出した。

口のあいた袋を、魔力を使ってふたをする。

「……？」

「そういう事ね、すごいわリアムくん」

「え？　どういう事なのジョディさん」

「逆転の発想よ。魔法で開くのじゃなく、魔法で閉じていたものにすればいいのよ。」

「そっか！　そうしたら魔法を封じられても」

「自然と開く」

ジョディさんの説明で、アスナも俺の意図を理解した。

二人は一斉に、感心した眼差しで俺を見つめてきた。

.120

アナザーワールドの中、すっかり空間に比べてこじんまりと感じられるようになってしまった俺の家。

その家の小さなリビングで、アスナとジョディさんとの三人でいた。

リビングのテーブルには、二つのグループに分けて物が置かれている。

片方は新鮮な果物の山。

どれもかぶりつきたくなる位、美味しそうな果物ばかりだった。

もう片方は干しシイタケ。

こっちは逆に、ちゃんと料理しなければ食べられそうにない代物だ。

その干しシイタケを凝視しながら、強くイメージする。

新しく魔法を開発する時はイメージが大事だ。

完全な空想でも出来なくはないけど、そのイメージが出来る似たようなものが実物としてあると、より魔法が作りやすい。

「まだかな」

「気長に待ちましょう」

「うーん、暇なんだよね。リアムがすっごい集中してててこっちの話しかけに反応しないしさ」

「邪魔をしないの。大事な事をしてるのだから」

「はーい」

アスナとジョディさんのやりとりも、いいいいいい、なんか言ってるな程度に耳を素通りしていく中、干しシイタケを眺めて、イメージに変換する事、数時間。

新しい魔法が出来上がった。

魔法が発動した瞬間、テーブルの上に置かれた果物は「ぎゅっ」と圧縮された。

両手だけじゃ抱えきれない位の果物は見る見るうちに小さくなっていき、やがて小さな指輪のケース位の箱になった。

「よし、出来た」

「おー、すごい。ちっちゃくなっちゃった」

「これはリアムくんが使っている、アイテムボックスと同じもの？」

「ああ、効果は一緒だ。中に入っているものは腐らないし場所も取らない。アイテムボックスと違うのは、こっちが使い捨てだって事だ」

「使い捨て？」

「一回出してしまうと箱に戻せないって事だ」

「へぇ」

アスナは小さなケースを持ち上げて、マジマジと見つめたり、ゆすったり指でコンコン叩いたりした。

「これって、どれ位頑丈なの？」

「やってみていいぞ、全力」

「よし！」

アスナはそう言って、愛用のナイフを抜き放つ。

ケースをテーブルの上に戻して、ナイフを両手で構えながら真下に向けて、思いっきり突き刺した。

鈍い音がして、ナイフの刃が箱に弾かれた。

「おー、かなり強く刺したのになんともない」

「すごいわね。絶対に壊れないのかしらこれ」

「絶対にじゃないけど、象が乗っても大丈夫な位には頑丈だ。取り出すには箱にかかった魔力を断てばいい――のは、元々の想定通りだ」

「なるほど……でも、これだとあまりよくないかもしれないわね」

「なんでだ？」

魔法そのものの出来には自信があった、だがジョディさんは否定するような事を言った。

「いざという時のためのものなのよね。だったら、これじゃ見つかって前もって排除されるのも簡単だわ」

「えー、こんなのがそんなにすごいものだって分かんないよ」

アスナはフォローしてくれたが。

「いや、ジョディさんの言うとおりだ。確かにこれは排除されやすい、それに、これくらい小さかったら、普段からいちいち気に掛けないから、無くなった事にも気づかないだろうな」

「そうね、これならまだ邪魔なくらい大きな宝箱にした方がいいわ」

「分かった、改良する」

俺は箱を見つめながら、更にイメージする。

今度は追加のものがいらなかった。

いや、既にその追加のものが見えていた。

それと最初に作った箱、両方を見つめながら、イメージする。

最初に出来たものから少し変えるだけだから、今度は二十分位で出来た。

魔法を発動させると、箱そのものが消えて無くなった。

「消えた⁉」

「どこかに飛ばしたの？」

「いや、ここにある」

俺はテーブルの上、箱を置いてあった場所を手でなぞった。

見えなくしただけだ。

そうしながら、魔法を解除する。

すると、箱が再び現われた。

「こんな感じで、空気みたいにずっとあって、でも意識しないし触れもしない、無くせもしない」

イメージに使ったのは空気だった。

「空気って、それすっごい！」

「なるほど、これなら強奪される心配もないわね」

「ああ、後はこれをあっちこっちに貯蔵として配置するだけだ。いざって時はこう――食糧が大量に現われる」

そう言いながら、箱の魔法も解除。

山ほどの果物が再びテーブルの上に現われた。

「……」

「どうしたのジョディさん？」

「これを、あっちこっちに配置するのよね」

「ああ、そのつもりだけど」

「いざって時は自動的に開放されるのね」

「そうだ」

「それは、危険じゃないのかしら。まったく何もない所から急に大量の物が現われたら、事故や怪我に繋がりそう」

「……なるほど」

ジョディさんのいう事も一理あった。

俺は彼女をじっと見つめた。

「どうしたのリアムくん？」

「いや、魔法を改良するんだけど――次のイメージ、ジョディさんだなって」

「私？」

「ああ、ちょっと待ってて」

俺はジョディさんをじっと見つめた。

彼女の事をじっと見つめて、新しい魔法をイメージした。

「……」

「あれ？　ジョディさん、顔赤いよ。もしかしてリアムに見つめられて照れてる？」

「な、なんの事かしら」

「とぼけないとぼけない。いいじゃん別に、どうせ今のリアムには聞こえてないんだから」

「……ち、違うわよ」

「ちぇ、もう少しで落ちたのに」

意識の外でアスナとジョディさんが何かごちゃごちゃやってる中、今度は五分位で出来た。

途中から、何故か見つめているジョディさんの顔が赤くなったのも、イメージの助けになった。

完成した魔法を、果物にかける。

果物は再び消えた。

「よし、出来た」

「さっきと同じ？」

「何が違うの？　今度は」

「さっきから、ジョディさんがアドバイスというか、忠告してくれてただろ？」

「ええ」

「それに、なんか顔も赤くなってた」

「え、ええ……」

「それを組み込んだのが、これ。魔力を消失させると——」

——食糧、開放します。食糧、開放します。

声が聞こえて、空中から赤い光が警告のように明滅した。

それから十秒位して、果物が再び現われた。

「こんな感じだ」

「いいね！　ちゃんと警告が出るんなら怪我しない。ねっジョディさん」

「え、ええ……そうね」

アスナに振られたジョディさんは、何故かまた顔を赤らめていた。

「これで大丈夫かな？」

「え、ええ」

俺に見つめられて、ジョディさんはゴホンと咳払いして、赤い顔をなんだかごまかしながら。

「いいと思うわ、さすがリアムくんね」

ジョディさんのお墨付きが出て、また一つ、魔法が完成したのだった。

.121

『聞こえているか』

夜、アナザーワールドの中の家で休んでいると、ラードーンの声が聞こえてきた。

「ラードーンか？　何かあったのか？」

勉強&訓練のために、いろんな魔法を順番に使っていくのをやめて、意識をラードーンの『声』に集中した。

『そこを開けてくれ、そのままでは入れぬ』

「ああ、うん」

俺は言われた通り、アナザーワールドの入り口を開いた。

家から出て、今や家の二〇倍以上はある空き地に立って、入り口を開いた。

するとすぐにラードーンが入ってきた。

入ってきた瞬間はドラゴンの姿だったのが、俺の前に来た頃には例の幼い女の子の姿になっていた。

「なんだ、また魔法の鍛錬をしておったのか」

ラードーンはまわりを見て、そんな事を言う。

何となく犬がスンスンと鼻をならして嗅ぎ分けている――なんて言ったら怒られそうだから慌ててその考えを振り払った。

魔法を使っていたのは事実だから、そこは素直に頷いた。

「ああ」

「お前は本当に魔法が好きだな」

「憧れなんだよ、魔法が」

「ふっ、そうか」

ラードーンは微笑みながらそう言った。

なんとなく嬉しそうに見えるのはなんでだろうか。

「というか、なんで戻ってきたんだ？　何かあったのか？」

「終わったのさ」

「終わった？」

「うむ、連中は引き上げていった。責任者がまた挨拶に来るとは言っていたがな」

「引き上げた？　もう？　一万人位の遺体はあったはずなのに、もう終わったのか？」

「ふっ」

ラードーンは皮肉っぽい感じで笑った。

「人間の社会は金が全て、と、人間のお前には釈迦に説法であるべきなのだがな」

「金が全てなのは分かるけど……」

俺は見た目通りの子供ではない。

この体に乗り移るまでは、それなりに社会経験のある普通の大人だ。

金が全てという言い方には、七割方賛同出来てしまう。

「死体の回収も一緒よ。連中は身なりのいい、指揮官や隊長クラスの人間のを回収していった」

「それって」

「金のない雑兵どもは野ざらしが定めなのさ。人間は未だに変わってなくて少し安心したよ」

ラードーンは皮肉っぽいそう言った。

なるほどそういう事か。

言われてみれば当たり前の事か。

遺体と言えば、人間一人分のサイズと重さだ——もちろん状態次第で減ったりするけど。

そのサイズのものを、見るも無惨な状態で運搬するのは、体力と精神力の両方を通常以上に要求される。

つまり、金がかかってしまうのだ。

普通の運搬よりも、多分かなりかかってしまう。

「それより――お前、また魔法を編み出したのか」

「ああ、分かるのか？」

「無論だ。どんなものだ？」

俺はラードーンに、編み出した魔法の説明をした。

「ほう、面白いな」

「そういう魔法は今まであったか？」

「似たようなものはあった。が、その使い方はおそらく無い」

「そうか」

「お前の発想はいつも面白いな――ならば」

ラードーンはふっと笑い、悪戯っぽい笑みを浮かべながらいってきた。

「それだけでよいのか？」

「え？」

「その魔法、使い方はそれだけでよいのか？　と聞いている」

「どういう事だ？」

「種明かしは後でしてやる。それだけでよいのか？　考えてみる」

「はあ……」

ラードーンが言うのなら……と、俺は改めて考えた。

編み出した魔法で、街のあっちこっちに見えない『食糧貯蔵庫』を作った。

限定された状態だけど、この街――魔法都市と化しつつあるここの魔法が封じられたら食糧が開放される仕掛けだ。

その魔法は、それだけでいいのか。

それだけというのはどこを指すのか。

俺はまず、使い方から考えた。

「武器も隠しておけるよな。うん、明日になったら隠してこよう」

「それだけでよいのか」

「え？　ああ……そうだな」

ラードーンに促されて、俺は更に考える。

他に何か隠しといた方がいいものってあるかな。

「ああそうだ、魔法戦鎧、魔法を封じられたら変形出来ないかも知れない。あらかじめ変形したものをしまっとこう」

「それだけでよいのか？」

三度、ラードーンは同じ言葉を繰り返した。

なんだか意地悪されているっぽい気分になってくるが――ラードーンがそんな意味のない事をするわけがない。

俺は更に考えた。

それだけでいいのか、それ以外に出来る事を。

やがて――

「――っ!」

「どうした」

「ちょっと行ってくる」

「我も行こう」

「分かった」

俺は頷き、ラードーンを連れてテレポートで飛んだ。

飛んできた先は、夜の海だった。

星空の下で、漆黒の海が奏でる潮騒《しおさい》は、引き込まれてしまいそうな、不思議な『魔力』があった。

それを尻目に、俺はサラマンダーとノームを召喚した。

「ノーム、こういう透明の砂をより分けて出してくれ。サラマンダーはそれを溶かしてくれ」

精霊の二体は命令に忠実に従った。

土の精霊は、砂浜の砂から俺が指定したものを軽々と抜き出した。

砂の中には、透明に見えるものが混ざっている。

これは天然のガラスの原料だ。

普通にやるとそれをより分けて、量を集めるのがものすごく大変だが、そこは土の精霊ノーム。

砂みたいなものの中から何か一種類だけを抜き出すのは朝飯前だった。

そしてサラマンダーがそれを溶かすと——ガラスの原料になった。

それを使って、俺は『ガラスの塊』を作った。

そのガラスの塊で、ガラスの壁を作った。

俺よりも遙かに大きい、五メートル四方の立方体のガラスの塊《壁》だ。

「ふむ、これをどうするんだ？」

「街のまわりにぐるっと配置する、もちろん消した状態で」

「ほう」

「いざって時には、ぐるっと街を取り囲む厚さ高さとも五メートルの城壁になる」

「なるほど、外の様子が見えるのはいいな」

ラードーンは「ふむ」と満足げに頷いた。

「ありがとう、ラードーンのおかげで思いつけた」

「種明かしをしてやろう——と思ったが、気づいているだろう？」

「説明してくれるともっと分かりやすい」

「ふふっ、よかろう。そういう手法なのだ。提案に対して、内容関係なくとにかくそれでいいのか？

と問いかけるだけ。人間というのは不思議なものでな、最初の思いつきは大抵欠陥だらけだ」

「ああ」

俺は深く頷いた。

その事は、この魔法を編み出した時に、ジョディさんのアドバイスで何度も試行錯誤をくりかえした事がまだ記憶に新しい。

「このやり方をすれば、大体五・六回辺りで名案が出てくるものだ」

「そうだったのか……」

「まあ、大抵の人間は？」

ラードーンはニヤリと笑いながら。

「途中で逆ギレを起こすがな。お前は面白い男だ」

感心した、称賛する目で俺を見つめてきたのだった。

.122

「お目通りかなって光栄でございます、陛下」

迎賓館の中、俺の前で跪くブルーノ。

彼は部屋に入った瞬間、流れるような——ものすごく自然な動きで俺に跪いた。

「座ってくれ兄さん。俺に何か話があるって？」

「ありがとうございます」

ブルーノは立ち上がって、貴族らしい所作で、礼を失しないように、かといって過度の謙遜にもならないようにソファーに座った。

このあたり、ブルーノは俺よりも数倍もすごい。

俺はこのリアムの体に乗り移ったか転生だかしてまだ一年も経っていないが、ブルーノは生まれた時から貴族だ。

この辺の振る舞いは全て心得ている感じだ。

「まずは、陛下の戦勝に衷心よりお祝い申し上げます」

「戦勝」

「陛下のご采配、そして単身での敵兵殲滅。いずれも噂になっております。既に吟遊《ぎんゆう》詩人どもがうずうずしているという話も耳に入っております」

吟遊詩人とは庶民の貴重な娯楽の供給源だ。

王侯貴族の英雄譚《えいゆうたん》を歌ってまわるのが仕事で、庶民にとって上流階級の知らない世界を知る貴重な相手だ。

「俺の話が出来てるのか?」

「もちろんでございます。私が知っている限りでも、既に三つの物語が存在しています」

「三つ」

「はい。魔竜と魔物を従える魔王、愛の心で魔物を改心させて従えている魔物使い、純粋なる大魔道士――簡潔に言えばこのような三つの物語があります」

「愛の心うんぬんは興味をそそられるな」

俺も昔は、強さだけがウリの安酒を飲みながら、吟遊詩人が歌う英雄譚を聞くのが好きだった。

愛の心でどうこうしたというのは、客に受けがいいタイプの話で俺も結構好きだった。

一方で、ちょっとむずがゆさを感じた。

物語の主人公に自分がなっているというのは思ってもみなかった事で、嬉しさよりも気恥ずかしさが先に来た。

それをごまかすように、俺は話を逸らした。

「それよりも、俺に話があるってのは？　まさかおめでとうって言いに来ただけじゃないよな」

「はい」

ブルーノは真顔になった。

「陛下は、どこまで戦い続けるおつもりなのかを、お聞かせいただきたく参上いたしました」

「どこまで戦うかって？」

「恐れ多くも、私と陛下が兄弟であった事がジャミール王国の上層部に伝わっているようで、非公式に橋渡しは可能かと打診がありました」

「橋渡し……それってつまり」

俺がいうと、ブルーノは小さく頷いた。

「王国は、これ以上の戦いを望んではいない。そのようです」

「なるほど」

俺は頷きつつ、苦笑いした。

『人間は変わらんな』

ラードーンは口を開いた。

ものすごくつまらなさそうな、侮蔑を孕んだ口調で言う。

『鉱脈目当てに一方的に開戦したというのに、旗色が悪ければこれだ』

「……魔晶石の件はどうなる」

ラードーンのさげすみの言葉の中からその事を思い出して、ブルーノに聞いた。

そう、元々はそういう話だ。

この魔法都市の特殊な構造で大量生産が可能になった魔晶石・ブラッドソウル。

それを狙って攻めてきたのがこの戦いの始まりだ。

「それに関しては、必要ならば人身御供を、という話でございました」

「人身御供？」

「一部のものが金に目が眩んで暴走した——というシナリオでございます」

「……」

『これだから人間は』

ラードーンはますます呆れ、さげすんだ。

不快な気持ちが俺にも生まれた。

俺は少し考えて、その不快な気持ちを抑えながら、ブルーノに返事をした。

「分かった。こっちは最初から戦うつもりはなかった、停戦は望むところだ」

「おお」

「ただし」

ブルーノは一瞬ぎょっとした。

俺が『ただし』と言い出すのを予想してなかったようだ。

「人身御供とかそういう話は無しだ」

「……はい」

俺の不機嫌に気づいたか、ブルーノは重々しく頷いた。

「もしもそういう風に――そうだな、トカゲのしっぽ切りをするんなら、今以上の惨状を見せると伝えてくれ」

「今以上の惨状……でございますか」

「ああ。それを伝えるのにどれ位かかる？」

「明日中には、関係の重臣らには」

「分かった、じゃあ伝えてくれ」

「承知いたしました。直ちに伝えて参ります」

☆

次の夜、俺はテレポートでジャミール王国の都に飛んだ。

前にスカーレットと何回も来ているから、テレポートで来る事自体難しくなかった。

『で、何をするのだお前は』

「なんだと思う?」

『都でも落とすか? 単身で落として見せれば更に英雄譚が増えるぞ』

ラードーンは愉しそうに、半分からかう口調で言った。

「そんな事はしないさ、ただ、ちょっと警告をするだけだ」

『警告?』

「ああ、ブルーノの伝言がそろそろ届いてる頃だろ?」

『そうだな、そういっていたな』

「だから――アメリア・エミリア・クラウディア」

俺は憧れの三人の歌姫、その名前を唱えた。

詠唱魔法に必要な口上、魂を奮い立たせる口上を口にして、魔力を高める。

そして、魔法を行使する。

ライト。

明かりをともすだけの、極めてシンプルな魔法。

明るくなる以外何も効果のない魔法だ。

そのライトを、都にある数十軒の、役所などの重要な建物や、金持ちの屋敷やらの屋根に放った。

瞬間、屋敷達が一斉にかがやきを放ち出す。

都の民が異変にざわつきだす。

「これが警告だ。いつでも都をやれるぞ、っていう」

『ふふっ、それでただのライトか――相変わらず面白い事を考える』

「だめか？」

『いいや、発想が面白い。さすが魔法を極めようと思っているだけの事はある』

しっぽ切りに対して不機嫌になっていたラードーンは、その反動からか、とても楽しげに俺を褒めたのだった。

.123

ジャミールの都から帰ってきた翌朝、俺は街の外を散歩するように、ぐるっと回っていた。

朝日とともに起き出した街のみんなはそれぞれの仕事を始めて、早くも街が活気づき始めた。

「りあむさまだー」

「りあむさますきー」

街からぴょんぴょんとゴムボールのように飛びながらやってきたのはスライムのスラルンとスラポン。

いつでもペアで行動している二人は俺の所まで一直線で来て、子犬のように懐いてきた。

「今日もスラルンとスラポンは元気だな」

「りあむさまにあえたから」

「りあむさまもげんき？」

「ああ、元気だよ」

スラルンとスラポンを引き連れながら、更に街の外をぐるっと回っていく。

二人は俺に体を擦り付けてきたと思ったら、あっちこっちに跳ねていって、また戻ってきてスリスリしてくる。

本当に子犬を散歩してるみたいだ、って気分になってきた。

「おはようございます、主」

「スカーレットか、おはよう」

今度はスカーレットが現われた。

早朝でも彼女はビシッとしていて、いつものように凛々しくて美しかった。

そんな凛然とした彼女は歩く俺の横について来て、うかがうように聞いてきた。

「昨晩、王都へお出になったとお聞きしました」

「ああ、ちょっと行ってきた。そうだ、スカーレットの意見を聞かせて欲しいな」

俺は昨日王都でやった事をスカーレットに話した。

テレポートで潜入して、金持ちや貴族の屋敷らしき所に、片っ端からライトをつけてきた事を話した。

「それで害はない、ただ、いつでもやれるぞ、っていう脅しだ」

「さすがでございます。理解の早い者達は早速震えて眠れなかった事でしょう」

「そう思うか？」

「はい。おそらく主にしか出来ない事で、向こうは主の力にますます震え上がる事でしょう」

スカーレットに太鼓判を押してもらえた感じで、俺はちょっとだけほっとした。

「それで、スカーレットはどう思う？　この先、向こうがどう出るか？」

「この先でございますか？」

「ああ、正直俺にはもう分からない。スカーレットを輿入れさせようとしたり、その後、話を引き延ばしたり、万を超える兵で襲ってきたり。向こうがどう思ってて、この先どうしてくるのか予想出来ない」

『魔法ならば予測がつくのにな』

ラードーンは俺の中で、楽しげに、若干のからかいも含めた感じで言ってきた。

それにちょっと苦笑いしてる間に、スカーレットは真顔で考えて、答えた。

「おそらく、意趣返しをしてくるかと」

「意趣返し？」

「ジャミール王国の重臣の中にはメンツを何よりも重んじるものが多く、主の行動は恐怖を与えた一方で、被害が無いと分かって落ち着いたら、プライドが膨張させた強い反発が来ると考えます」

「メンツかぁ」

ますますよく分からない話だ。

「って事は、何かをしかけてくる？」

「おそらくは」

スカーレットは静かに頷いた。

「そっか……」

「……主はあまり動じていないようですが」

「まあな」

俺は頷き、真顔で答える。

「昨日あれをやった後に思ったんだけど、俺に出来る事は、誰かにも同じ事が出来るって思うんだよ」

「そんな事はありません！　主の神聖魔法や数々のオリジナル魔法は誰にも真似出来ない超越したものです」

スカーレットは思いっきり俺を持ち上げてきた。

「魔法の内容じゃなくて、やった事な」

「それはどういう――」

首をかしげて聞き返すスカーレット。

彼女がそう言った瞬間、街の反対側から「パリーン！」って音が聞こえてきた。

顔を上げると、向こうの空で何かが割れるのが見えた。

「あ、あれは？」

「行くぞ」

俺はスカーレット、そして未だに懐いたままのスラルンとスラポンを連れて、テレポートで飛んだ。

一瞬で一万を超す魔物が住んでいる大きな街の反対側に飛んだ俺達。

そこで見たのは、驚愕している中年の男の姿だった。

「くっ！　イ、インビジブル！」

男は魔法を使った。

魔力光が魔法陣と共に拡散した後、男の姿がすぅと消えた。

「そう来たか――なら、『スプラッシュ』！」

俺は無詠唱で魔法を使う。

同時に十一連での発動で、一〇〇メートル四方に土砂降りの雨が降った。

スプラッシュ。

水をばらまくだけの魔法。

それを空で、かつ十一連で発動したら広範囲に土砂降りが降ったのと同じ状況を作り出した。

雨は俺達と、そして男をうった。

透明になった男は、大雨の中で丸見えだった。

「そこか、パワーミサイル！」

居場所を完全に把握出来る状態でパワーミサイルを放った。

いきなりの大雨に戸惑っていた男に、パワーミサイルが直撃する。

男は数メートル吹っ飛んで、そのまま気絶した。

「これは……一体」

「アブソリュート・マジック・シールドを改良したものだ」

「改良？」

「魔法を発動させたまま街に入って来ようとすると、マジックシールドがそれに反応して解除する。さっきからぐるっと街を回ってはってたんだよ」

「なるほど！　主が言っていた誰か同じ事が出来ると言うのはこういう事だったのですね」

「ああ、俺と同じで、侵入してくる人がいると思った。こんなに早いとは思わなかったけどな」

「さすが主です！」

スカーレットはますます心酔した目で俺を称えた。

スプラッシュの土砂降りはすぐに止んだが、パワーミサイルで気絶した男は伸びたままだ。

「これでどうなる？　またプライドで何か送り込んでくるかな」

「もう何度かは続くと思います。現場にいなければ、主の圧倒的な対応も分からず悪あがきしますので」

「なるほど、じゃあもうしばらく付き合うか」

スカーレットのアドバイスで、俺はここのアブソリュート・マジック・シールドを補修して、捕縛した男をとりあえず捕まえて街の中に戻っていった。

.124

『こちらアルカード。街の外、南西方向に人間の集団を発見』

街の中心、まだ名前をつけていないこの街の心臓部。

人間の街で例えるのなら領主の舘とか、王族の宮殿とかそういう役割の建物。

前にみんなを集めた円卓の部屋――とは違う執務室の中で、俺はアルカードとテレフォンで通話をしていた。

「どういう感じの人達なんだ？」

『街に潜入しようとしていた一団らしい。別働隊がつかまったから、ひとまず引き上げると言っている――あっ』

「どうした？」

『引き上げると見せかけて、地下道を掘って潜入すると言っている』

「よくそんな詳しい事まで聞けたな」

俺はちょっと感心した。

一人侵入者を捕らえた後、俺は配下の魔物達をパトロールに出した。

そんな中、ガイが見つからずうろうろしてて、クリスが別の人間を追い払った。

二人に比べて、アルカードが詳細な情報をつかんでくれている。

『人間のうち一人の影に潜んでいる』

「影に？　どういう事？」

『影に同化してともに行動をしている』

「へえ……」

俺はそれを想像した。

自分の影の中に、いつの間にか魔物が潜り込んでいるという光景を想像してみた。

影なんか普段は見もしないから、最強の尾行術だなそれは。

「いつの間にそんな技を編み出したんだ？」

『進化させて頂いた時に目覚めました』

「すごいな」

ファミリアとハイ・ファミリア、使い魔契約の魔法をかけたモンスター達は皆上位種族に進化してきた。

そしてその際に、文字通りの進化したスキルに覚醒する者も多い。

大抵がガイとか、クリスとかレイナとか。

その種族のリーダー格の魔物がそうなる事が多い。

ヴァンパイアから進化したノーブルヴァンパイア。

アルカードは、面白い能力に目覚めているみたいだ。

『待ってください…………今一人が怯えながら話している。『このままじゃウェルス様にぶっ殺されちまう』――と』

「分かった。そのままくっついててくれ――その人達を制圧する事って出来るか？」

『容易な事だ』

「分かった。また連絡を入れる」

アルカードとのテレフォンを切って、今度はスカーレットにテレフォンをかけた。

使い魔との間に距離が離れていても会話が出来る魔法、テレフォン。

我ながら便利な魔法を開発したもんだとつくづく思った。

「あっ、スカーレットか？」

『なんでしょうか。主』

「ウェルスっていう人を知らないか？　潜入部隊に指示を出せる程度に上の人間だと思うけど」

『ウェルス・ウェアの事だと思います。国王親衛隊の総大将、同時に陛下にとってのいとこにあたるお方です』

「今回の事で、彼が仕返しに人員を送ってくる指示をしたって可能性は？」

『ほぼ間違いなく』

スカーレットは断言した。

『ある意味乱暴な方で、『一度やり合ってみねえと分からねえ』が口癖でした』

「ああ、なるほど」

俺は納得した。

アルカードの報告でも、派遣されてきたものが『このままじゃぶっ殺される』とか言ってたっけな。

多分間違いなく、そのウェルス・ウェアが指示を出したんだろう。

「仕返しの潜入を指示してきたのはウェルスらしい。どう対処すればいいと思う？」

『主の防御が完璧である前提で申し上げます』

むずがゆくなる前提を持ち出してきたスカーレット。

『一通り好き勝手にやらせた上で追い返した方がよろしいかと。ウェルス様は『一度やり合った結果』で賢明な判断が出来る方です』

「ただの脳筋、乱暴者じゃないって事か」

『はい』

「分かった。ありがとう」

俺はお礼を言って、テレフォンを切った。

そして再びアルカードにテレフォンをつなぐ。

「聞こえるかアルカード」

『はい』

「今、後をつけている連中、邪魔をする事は出来るか？」

『どのように？』

「全てお見通しだ、って思われるように」

『造作も無い事だ』

「じゃあ頼む。そう思わせた上で逃げ出すようにしたい。実際の方法は全部任せる」

『分かった』

アルカードとのテレフォンを切った。

その後もガイとクリスにテレフォンした。

相手を見つけ次第『活かして』『完勝して追い返す』と命令を出した。

『い、活かすのでござるか』

『あれれー、脳筋ってばそんな事も出来ないわけ？　あたしは余裕でやっちゃうよ』

『ムッキー！　それがしこそ、そんなの朝飯前でござる！』

ガイとクリスは相変わらずの仲の良さで、二人ともめちゃくちゃやる気を出した。

こっちはこっちで安心だ。

ギガースのガイは、その体つきから完全なパワータイプ、クリスがいうような『脳筋』に見えるけど、実際にクリスと張り合う時は必要なら繊細さも出す事が出来る。

ウマは合わないが、いい感じで互いを刺激し合って、高め合っている。

「これで、向こうが諦めて講和、停戦してくれるといいんだけどな」

一人っきりの執務室でつぶやく俺。

『もうしばらくかかるだろうな』

「なんでだ？」

だろうな、と言いつつ、妙に断言口調のラードーンに聞き返した。

『お前という人間の事を測りかねるからだ』

「俺を？」

『天才的な魔術師でありながら、魔物の王。それで国を守っていると思いきや、任せられる所は完全に魔物に任せている』

俺が今やってる事か。

『そのすごさに恐れを成して、信じられなくて判断が遅れるだろうさ』

「そういうものなのか？」

『そういうものだ、人間は』

そうなのか。

『次はそのウェルスか、同格以上の人間がお前を見定めに来るだろうさ』

「へえ……」

ラードーンの言った通りだった。

それから二週間位して。

ウェルス・ウェアが直に尋ねてきた。

.125

馬に乗った指揮官らしき武将が一人。

その指揮官が率いる人間の兵の一団が街に入ってきた。

数は百と少数だけど、全員が精悍な顔つきをしてて、一糸乱れぬ行軍をしている。

明らかに練度が前の二万の兵とは段違い、いや格が違う感じの部隊だった。

前もって連絡があって、戦闘ではなく交渉に来るという話だったから、こっちも迎撃せずに街に入れた。

とはいえ今までの経緯から油断ならないから、俺が直接出迎える事になって、更にガイ、クリス、レイナなどリーダー格の魔物が一緒に来ている。

その部隊の指揮官、馬に乗っている男は町に入ると馬から飛び降りて、こっちにやってきた。

「ウェルス・ウェアだ。お前か、リアムってのは」

「リアム・ハミルトン。よろしく……でいいのか」

「おう」

俺が差し出した手を、ウェルスは握り返した。

ガッチリ握り返された手はゴツゴツしていて武人の手だった。

「ここの王様――って事でいいんだな」

「一応」

「そうか。いやあすげえわな、お前みてえな子供がなあ、報告は聞いてたけど実際に見ても信じられねえ――」

ウェルスがそんな事を口にした途端、左右から同時に何かが飛び出した。

ガイとクリスだ。

「無礼でござる」

「ご主人様に対して何様のつもり？」

二人は怒気を孕《はら》んだ攻撃をウェルスに放った。

ウェルスの後ろからも兵士が飛び出して迎撃するが、あっという間にガイとクリスの二人に吹っ飛ばされた。

二人はその勢いのまま更にウェルスに迫るが。

「やめろ二人とも」

ピタッ。

二人の攻撃がウェルスの眼前に迫ったところでピタッと止まった。

俺の命令で攻撃を寸止めした二人は、同時にこっちを向いた。

「主、何故止めるのでござるか」

「そうだよ、こんな礼儀知らずなんかここでぶっ飛ばしちゃえばいいんだよ」

「いいから、下がってて」

「……分かったでござる」

「……はーい」

ガイとクリスは渋々下がった。

下がっても、狂犬のような目つきでウェルスを睨みつけたままだ。

「悪かった。いきなり手を出して」

「こっちもすまねえな、こういう性分でよ、悪気はねえんだ」

豪快にガハハとわらうウェルス。

うん、それは分かる。

リアムの体に乗り移るまで、通い慣れた酒場じゃこの手合いが大勢いる。

本人はまったく悪気なんて無いんだ、ただ普段通りにしてるけど。

ある意味、リアムになってから出会ったどんな人間よりも親しみを感じられる相手だった。

「そっちの二人も悪かった。怪我をしているのなら治療させてもらう」

「大丈夫だ。おう、そうだな」

「「はっ」」

吹っ飛ばされた二名の兵は、顔を腫らしながらも立ち上がったが、ごくごく軽傷で済んだようだ。

一瞬にして吹っ飛ばされたが、ガイとクリスにやられても全然ピンピンしているのか。

ウェルス親衛隊総隊長が率いてきた一〇〇名、精鋭揃いのようだな。

そのウェルスからして、ガイとクリスの攻撃が目の前に迫っても動じなかったんだから、胆力《たんりょく》はずば抜けている。

油断出来ない相手だ、と俺は密かに気を引き締めた。

☆

ウェルスを迎賓館に案内した。

招いたのはウェルスだけ、他の兵は別の部屋を用意して休ませている。

「粗茶です」

「お、綺麗な姉ちゃんだ」

客に出すためのお茶を持ってきたエルフメイドの一人を見て、ウェルスはデレデレした感じで言った。

エルフの子はそんな事を言われるとは思ってなくて、恥ずかしそうに顔を覆って部屋から逃げ出した。

「ありゃエルフだろ？　やっぱりいいよなエルフは。なあ、一人紹介してくれねえか？」

「紹介？　……女としてって事？」

「おう」

「そういうのが好きなのか」

こういう場なのに、って暗に匂わせながら聞く。

「おう。ケンカに女に酒、人生にかかせねえ物だろ」

俺は苦笑いした。

ますます俺がよく知っている人種と似ているタイプだ。

「紹介はしないけど、口説くのは別にいいよ。相手が自分の意思でオーケーだったら俺は好きにしていい」

「そうか、じゃあ後でな」

「それで」

俺は真顔になって、ウェルスが来た理由を聞いた。

「今日はなんのために？」

「まあ、停戦をってところさ」

「停戦」

「ああ、これ以上はやめようってこった。もちろん正式に調印する、『教会』に立会人をやってもらうつもりだ」

教会、か。

王国という言葉は色々指す場合があるが、この百年、教会という代名詞はたった一つの者を指している。

全世界の六割の民が信徒であり、どの国よりも影響力を持つ教会。

国王であろうと、教会から異端指定されれば世界の敵になりかねない、それ位の強大な存在。

その教会に立ち会ってもらう調印なら、理不尽に破られる事はない。

だが……話が上手すぎる。

ここに来てこんなにいい条件で停戦を申し込んでくるのは何故か。

こっちがかけた脅しが強すぎてそうなったのか？

あるいは何か狙いがあるのか？

考えても分からない、ラードーンにアドバイスを——って思ったその時。

「もちろんただとは言わねえ。お前さんが魔術にぞっこんだって聞いたから、これを持ってきた」

ウェルスはテーブルの上に一冊の魔導書を差し出してきた。

「ジャミールが持ってる、一番レア度の高い魔導書だ」

「魔導書！」

俺は魔導書を手に取って、開いてみた。

間違いなく魔導書だ、偽物じゃない。

軽く読み進めて、魔導書通りに発動する。

同時魔法の全ラインを使って発動する。

魔法はほぼ一瞬で発動し、マスターした。

二人の間のテーブルが石に変わった。

「なっ」

物質を石化させる魔法。

それまで飄々としたウェルスは、それを見た途端驚愕した。

「覚えたってのか？　今の一瞬で？」

「ああ」

「ばかな……魔法ってそういうもんじゃねえだろ……」

驚きすぎて、言葉を失ってしまうウェルスだった。

.126

俺は魔導書をテーブルの上に置き直した。

魔導書はともかく、停戦はありがたい。

今までは上手くいってるけど、戦争なんてないのが一番だ。

ガイとクリス辺りはもっと続けて欲しいって思ってるかもだけど。

「えっと……停戦の話だったっけ」

俺はゴホン、と咳払いして仕切り直した。

「ああ、どうだ」

「異論は無い。そもそも無駄な戦いなんだ、やめられるのならそれに越した事はない」

「よっしゃ。それじゃあさっそく話を進めさせるぜ」

「ああ。そうだ、停戦もいいけど――」

『そこまでだ』

「――っ！」

俺はビクッとなった。

言いかけた言葉をのみ込んだ。

いきなり割り込んできたラードーンの語気はちょっと強めのものだった。

普段よりも大分強めで、かなり本気の制止だ。

ウェルスが目の前にいるから、ラードーンに聞き返すべきか悩んでいると、向こうが合わせてくれた。

『そのまま聞いていればよい。停戦だけじゃなくて、友好関係とか、不可侵とか、その辺を頼もうとしたな？』

俺はちょっと驚いた。

口に出す前で、頭の中でもまたはっきりと言葉にしていないものだ。

停戦という話から、じゃあ『こういうのも』という考えが浮かんだばかりだ。

その『こういうのも』の段階で、ラードーンははっきりと読み取った事にびっくりした。

同時に、それを止められる事にびっくりした。

友好関係を結ぶのを、何故止めるんだ？

『安売りはするな』

安売り？

『とにかくお前からはいうな、向こうが切り出すのを待て』

えっと……。

なんだかよく分からないけど、ラードーンがそう言うのなら間違いないはずだ。

魔法の事ならそろそろラードーンに言い返せるかも？　って位知識と経験がたまったと思ってる。

だけど、それ以外の事はちゃんとラードーンのアドバイスを聞いた方がいい。

それは間違いない。

経験も知識もラードーンの方が完全に上だし、それにラードーンはなんというか、下手な事じゃアドバイスなんてしてこない。

してくる位なら、よっぽどの事のはずだ。

だから俺は全面的にラードーンのアドバイスに従う事にした。

「ん？　停戦もいいが——なんだ？」

俺が言いかけた後、何も続けないのを不思議がって、首をかしげて聞き返してくるウェルス。

「ああいや、その——スカーレットの話だ」

俺はいろいろ考えて、その話を持ち出した。

「スカーレットはどういう扱いになってるんだ？」

「その事なら問題ねえ」

ウェルスはにやりと笑った。

「仮にも王女、言い方はあれだか使い道はいくらでもある。戦況がどう転んでもいいように、公式的な何かは何も出されてねえ」

「そうか」

「だから、そこの話は巻き戻してえ。王女サマの輿入れで友好関係を結びてえ。今度はマジだ」

「……ああ」

図らずも、ウェルスの口から『友好』の言葉が出た。

これで『先に言わせた』事になるのか、ちょっと間を開けて、ラードーンの反応を待ってから、小さく頷いた。

「ああ、ちなみそこはもう形だけのもんだ。別に王女サマを一度返せとかそういう話にはならねえ」

「それなら助かるよ」

俺はちょっとほっとした。

輿入れの準備をするから一旦返せ。

いつか聞いたような、もめごとの始まりのような事を要求されなくてよかった。

「じゃあとりあえずそれで。いやあ、助かった助かった」

見るからに脱力して、ほっとしたウェルス。

ブルーノとかと違って、話してる最中も余計な気を使わなくていい（ラードーンのアドバイスをのぞいて）相手で、こっちは逆に気楽に話せていた。

やっぱり、なじみのあるタイプの相手だ。

こういう相手には――。

「ダストボックス」

俺は魔法を使って、醸造したワインを取り出した。

一時間で一年分の時間が経過する魔法の空間、ダストボックス。

そこから取り出したワインをウェルスに手渡した。

「これは？」

「俺が作ってるワインだ。酒、好きって言ってたから」

「へえ――って、なんだこりゃ」

ウェルスは栓のコルクをスンと一嗅ぎしただけで、さっと顔色を変えた。

「何かまずかったか？」

「この匂い、コルクの劣化度合い。これ、三十年はくだらねえしろもんだろ」

「すごいな。正確には五十五年もの」

何日か前に仕込んだもので、さっと頭の中で暗算したら五十五時間経過してた。

「それ位だよな……お前さんが作った？」

「ああ」

「いやおかしいだろ。お前さんのような子供がこれ作れるわけがねえ。酒ってのは良し悪し関係なく、長い短いというのがあるんだ」

「魔法を使ったから」

「魔法だぁ?」

「簡単に言えば時間の経過が早くなる空間を作り出す魔法」

「……なる、ほど」

驚愕するウェルス。

「そんな事も出来るのか」

「だから遠慮しないで飲んでくれていい。いくらでも作れるから」

「ああ、ありがたくもらうぜ」

ウェルスはにやりと口角をゆがめた。

気に入ってもらえたみたいだ。

☆

王都、デュラント邸。

帰還したウェルスは、一直線にこの屋敷にやって来て、屋敷の主ハンプトン・デュラントと密会した。

二人っきりの部屋、使用人を全員閉め出しての密会だ。

向き合うウェルスは深刻な表情をしていて、それを見たハンプトンも眉根に深いしわを刻んでいた。

「どうだったんだ?」

「……よくねえ」

「それでは分からない。もっと分かるように話してくれないと」

「あれはまずい、人間じゃねえ」

「リアム・ハミルトンの事を言っているのだな？」

暗黙の了解で、このタイミングではその話しかあり得ないが、それでもハンプトンは聞き返さざるをえなかった。

それだけにウェルスの反応は深刻で、数十年にわたる付き合いの中で、これほど深刻な顔をするウェルスをハンプトン未だかつて見た事ない。

「あれは一種のバケもんだ。人間の皮をかぶったバケもんだ。下手な魔物よりもずっとやべえ」

「何を見てきた、私に分かるように説明してくれ」

「……」

ウェルスは小さく頷いた。

魔導書の事をまず話した。

パラパラめくっただけで、一瞬にして魔導書の魔法をマスターした事を話した。

ワインの事を話した。

リアムからもらった年代もののワインと、それを作るために時間を操作する魔法を使ったと聞かされた事を話した。

ウェルスの話が進むにつれて、ハンプトンの眉間のしわがますます深くなっていった。

「にわかには信じがたい、本当に一瞬にして覚えたのか？」

「魔導書を媒体にして使った魔法と本人が使った魔法は違う」

「よく聞く話だな。私には分からないが」

「戦場に出てると肌で何となく分かるようになる。あの一瞬でそのどっちも使った。一瞬で覚えたんだよ」

「……なるほど」

ハンプトンは重々しく頷いた。

「ワインは？　どこかの年代ものを持ってきただけではないのか？」

「年代ものの酒で俺が知らねえものはねえ」

ウェルスは言い切った。

「それにあんな普通の味の酒を五十年以上貯蔵するなんてあり得ねえ。場所と保管にそんな金を使うわけねえ」

「普通の味だったのか？」

「ああ、深みのある味わいだったが、醸造自体は普通だ。酒作りの才能まではねえようだ」

ウェルスはちょっと軽口をたたいた。

ハンプトンは笑わないで、真剣に考え込んだ。

「時空間魔法までも使えるという事か」

「なっ、やべえだろ？」

「彼を『討伐』するには？」

「させないにしても、させないにしても」

ハンプトン。


「正気か？」

「見積もり位は出してもいい。するにしても、させないにしても」

「なるほど……十万」

「十万」

　ほとんど棒読みで、おうむ返しでその言葉を口にするハンプトン。

　顔が呆然としている。

「……それだけの損失を覚悟しないといけないなど、割に合わなさすぎる」

「だろ？　だからやべえって言ったんだよ」

「それは、まだ諦めきれていない連中をちゃんと断念させねばな」

「まだいるのかよ」

「魔物など鎧袖一触《がいしゅういっしょく》だ、と嘯《うそぶ》く者達だな」

「あいつらかよ。よし、俺が怒鳴り込んでくる」

「それでは逆効果です、私に任せて下さい」

「分かった、任せる。とにかくあれはやべえ。やっちゃいけねえ」

「ええ」

　ハンプトンは深いため息をついた。

「食べられもしないニンジンで、国を傾けさせるわけにはいきませんからね」

「それともうひとつ。あいつにはブレーンがいる」

「会ったのですか？」

「いや、だがいる。停戦の後に、あいつは『じゃあ友好も』みたいな話をしようとしたら、誰かに止められた」

「誰かって誰ですか？」

「分からねえ、だがいる。ちゃんとしたブレーンが」

「なるほど……前の推測と一致しますね」

「ああ」

頷き合うウェルスとハンプトン。

「化け物級の魔術師に、ちゃんとしたブレーン」

「しかも化け物は聞く耳を持ってる」

「やっかいです」

「ちゃんと止めろよ。へたしたらこっちが傾くからな」

「分かっています」

ハンプトンは真顔で、静かに深くうなずいた。

二人から始まって、ジャミールの首脳にじわりじわりと。

リアムの評価が、上がっていっていた。

.127

ウェルスが帰った後、俺はアナザーワールドの中の自宅に戻った。

その自宅の中で、アイテムボックスを呼び出して、もらった魔導書をしまおうとする。

「……」

手が止まった。

何かが頭をよぎった。

一瞬だけよぎったそれは、手の平で掬った水のように、指の間からこぼれ落ちた。

それはなんだろうか、と思い出そうとする。

『どうした』

ラードーンが聞いてきた。

「今何かひらめいたんだけど、何をひらめいたのかも忘れちゃった」

『人間とは相変わらず不便な生き物よな。昔から何も変わっていない』

「そうなのか?」

『うむ、そういう時はひらめいた瞬間までの行動をやり直せば、大抵は思い出せる』

「そうなのか?」

『やってみれば分かる』

「そうだな」

ダメだったとしても損するわけじゃないんだ。

俺はひらめいた瞬間までの事を、もう一度やってみる事にした。

アナザーワールドを出た。

アナザーワールドを開いて、その中の家に入って、アイテムボックスを出す。

そして、本を入れようとした――その瞬間。

「ああ、本当だ。思い出せたよ」

『何を思いついたのだ？』

「これ、本だよな。で、本をしまう」

説明をしながら、アイテムボックスを閉じる。

そしてもう一度アイテムボックスをちょっと違う場所に開いて、魔導書を取り出す。

「別の場所で取り出せる」

『ふむ、その魔法――アイテムボックスの特性そのままではないか？　今まで何度も使ってきただろう』

「で、これを使って手紙も送った事があったんだ。俺の幻影の手紙を」

『やっていたな、たしかに』

「で、本は知識なんだ」

『……知識を出し入れしたいというのか？　新しい魔法を開発して』

「ああ」

俺は頷いた。

ラードーンとの会話の中で、更に形にまとまったやりたい事を話す。

「なんというか、本のない図書館って感じだな。ああ、掲示板でもいいか。いや、両者合わせたものか……」

ぶつぶつ言いながら、更にイメージをまとめて行く。

「そうか、ウェルスと同盟の話をまとめた直後だってのもあるのか」

『ふむ？』

「普通の国だと、こういうのを布告するじゃないか」

リアムになる前の事を思い出した。

税金が増えたり、戦を始めるから兵を募ったり。

そういうお上からのお達しの布告の事だ。

大抵は街か村の一番人間が集まったり通ったりする所に立て札が掲げられる。

今回の事も、あんな感じで街のみんなに知らせなきゃならない。

それが手紙だ。

幻影が入れた手紙と同じように、アイテムボックスみたいなので出し入れ出来る。

本とか、手紙とか、布告とか。

そういう知識……とか、情報とか、それを自由に出し入れ出来る魔法。

もちろん、今までのインフラと同じように。

町中に張り巡らせたハイ・ミスリル銀で作った古代の記憶に刻み込んで。

ファミリアで使い魔契約した、この街の住民全てに使えるようにする魔法。

それをイメージした。

「使い魔共有のアイテムボックス、これでいいかな」

ダストボックスの時の経験もあるし、意外と開発にはそんなに苦労しないかな？　って思った。

今あるアイテムボックスを、使い魔全員が開いたり閉じたり物を出し入れ出来る。

容量は何基準にするか、まずは俺基準でいいか。

そんな風に魔法開発のイメージをまとめていると。

『……』

微かな息づかいの後、ラードーンが姿を現わした。

何度も見た、幼げな老女――アンバランスで不思議な魅力をたたえたその姿で、俺の前に現われた。

顕現した時のまばゆい光が、俺を沈思黙考から引き戻してきた。

「どうしたんだ？　急に」

「これを見ろ」

ラードーンは細い手をすぅと伸ばした。

人差し指と中指を揃えて突き出し、その先に魔法陣を広げる。

魔法陣から文字が浮かび上がった。

「これは……布告か」

「うむ、お前が同盟の件で魔物達に告知したい事を文章にした」

「へえ、こんな魔法もあるんだ。魔力で文字を作って浮かばせているって事かな？　この感じだと、一定時間経てば消えるという効果もあるかな？」

「ふふっ、さすがだ。魔法に関しては本当に勘がいいな、お前は」

「ありがとう」

ラードーンの褒め言葉が嬉しかった。

魔法の事で褒められるのが一番嬉しい。

「これにした方がいいのではないか？」

「これにした方が？」

「お前、本を入れて、誰でも出し入れ出来るようにするって言っただろ？」

「ああ」

「それでは、本を出した後返すまでの間、誰も使う事は出来ない。まあ、人間の図書館などそういうものだが」

「ああ」

俺は更に頷いた。

屋敷の書庫でも、父上がちょうど本を読んでいる時に、本棚がぽっかりと空いている光景を見た事がある。

「が、例えばだ」

ラードーンは更に手を伸ばした。

空中に魔力の光点を作って、それに触れると弾けて、文字が浮かび上がる。

光点は文字を出した後も、残ったままだ。

「――なるほど！」

本は知識、そして情報だ。

本という形じゃなくて、知識や情報を蓄える魔法にすればいい。

イメージが急速に固まっていった。

誰でも使える、知識や情報を出し入れ出来る、どこからでも出し入れ出来る。

「ふふっ……こうして我の声も届かなくなる瞬間はすこぶるいい男だな」

魔法が、一気に形になった。

.128

囲いと窓だけをつけた、まるでウサギ小屋のような建物の中。

地面は舗装されてなくて、剥き出しの土と、その下に敷設されてるハイ・ミスリル銀が露出している。

この街全ての道路の下にあるハイ・ミスリル銀と繋がっている、インフラのコア。

俺はそこにいて、『魔法の調節』をしていた。

「ネットワーク」

魔法を唱えて、それを起動させる。

すると目の前に巨大な、半透明の本棚が現われた。

本棚には二冊の本が置かれている。

背表紙を見ると、一つは『クリスだよ』とあって、もうひとつは『イノシシ女に告ぐ』とあった。

二つ目の内容は何となく読まなくても分かったから、俺は手を伸ばして『クリスだよ』を手に取って、開く。

本棚も半透明なら、置かれている本も半透明だ。

本は開かれると、光る文字が浮かび上がる。

『西側の警備終了、異常はまったく無いよ。これでいいのかな』

クリスからの『手紙』を読んだ。

新しい魔法故にクリスがまだ戸惑っているのが手に取るように分かる。

「成功だな」

新しい魔法『ネットワーク』が、狙ってた一つの形を実現させた。

新しい形の手紙だ。

今、連絡を取り合うのに『テレフォン』という魔法がある。

これは離れていても、声で会話が出来る便利な魔法だ。

しかし、会話が出来ない時もある。

テレフォンに出られない時が。

そうすると後になって繋ぎ直すんだけど、連絡を折り返す手間が発生するのと、そのタイミングで向こうが話せるかどうか分からないというのがある。

手紙ならその問題はない。

もともと手紙ってのはそういうもんだ。

受け取って、後で読む事が出来る。

この『ネットワーク』はそれに加えてすぐに届くという利点がある。

一瞬で届く手紙と『テレフォン』とはそれぞれに長所があって、棲み分けが出来る魔法だ。

「おっ」

開いたままの本棚に新しい本が加わった。

『脳筋のくせに生意気な』

という内容の本だった。

これまた、内容を見ないでもある程度分かった。

『イノシシ女に告ぐ』からの『脳筋のくせに生意気な』は。

いつものガイとクリスのやりとりだ。

もはやふたりらしすぎて、中身を見ないでも本のタイトルだけで内容が分かってしまう。

「あっ、そうか」

だからこそ、俺は気づいた。

ガイとクリスのいつものやりとりだから分かるけど、例えば『助けて』なんてタイトルがあっても、それは誰が発したものなのか分からない。

うん、発信者が分かるのは大事だな。

俺は剥き出しのインフラ・コアにそっと手を触れる。

完成した魔法、ハイ・ミスリル銀で出来た古代の記憶の魔法に修正を加えていく。

望む形を強くイメージする。

今までも何回かやってきたように、イメージして魔法を修正。

「さて、これでどうかな」

少し待つと、本棚に新しい本が現われた。

『りあむさまりあむさま　スラルン』

『どこにいるの?　スラポン』

タイトルの下に名前が出るようになった。

これまたタイトルで誰なのかが分かるようなものだが、魔法を使って本棚に『書き込んだ』者の名前が出るようになってますますはっきりする形になった。

『みんなには内緒です　フローラ』

また新しい本が現われた。

新しい魔法『ネットワーク』の事は、街のみんなに伝えている。

ファミリアで使い魔契約してる街の住民ならみんな使えるようにした魔法で、使っていきながら修正をしてるところだ。

そこにフローラも加わった。

みんなには内緒って……誰宛てにだ？

「ああ、そうだ」

俺は苦笑いした。

手紙をイメージの一つにしているというのに、俺は宛てる相手の事をまったく考えてなかった。

とは言え、イメージのもうひとつは『本棚』であり『本』だ。

宛名という形で更に名前を増やすのは上手いやり方じゃない。

そもそも、個別の相手に宛てるものなら、手紙を出したと知られたくない事もある。

……ああそうさ、ラブレターとか、そもそも渡した事すら知られたくない。

若い頃の苦い想い出……二重に苦い想い出がよみがえりつつ、俺は更に魔法を改良していく。

宛先の効果を盛り込んでいく。

それが出来ると、俺はフローラに手紙を出した。

まっさらな本をとって、『さっきの手紙もう一度書き直して』、と書き込んだ。

最後に宛先をフローラにした。

宛先は個別と、全員の両方にする事が出来る。

今回はテストもかねて、フローラにもやってもらう事にした。

するとほとんど間を明かず、『みんなには内緒です　フローラ』というのが送られてきた。

本棚には『みんなには内緒です　フローラ』が二つある。

最後に宛先を指定出来るようにしたから、俺宛てだって事だ。

俺はそれをとって、開く。

すると光文字が浮かび上がった。

『好きです、リアム様』

「……ってラブレターぁぁ!?」

思わず、素っ頓狂な声をあげてしまう。

まさか宛名機能を改良した矢先の第一号で、本当にラブレターみたいなのが送られてくるとは思いもしなかった。

それを驚いているうちに。

『ずるい　クリス』

『私もです　レイナ』

『お慕いしています　スカーレット』

『大好き!!　アスナ』

『あらあらうふふ　ジョディ』

本棚の本が一気に増えた。

思わず気圧された。

ガイとクリスのいがみ合いの時と同じような気分になった。

中身を読まなくても、中身が分かってくるようなタイトルとタイミング。

なんというか悪い気はしなかった。

その後も大量のラブレターを受け取りながら、ネットワークの効果を少しずつ修正していった。

アスナとジョディの女子会

魔法都市リアム。

魔物の国、リアム＝ラードーンの首都にして唯一の都市。

国と同じく、国王の名前になったのは、ここの住民がひたすら王を慕っている証左に他ならない。

その魔物の国にあって、珍しい存在である二人の人間の女。

アスナと、ジョディ。

リアムが独り立ちする際、いち早く使い魔《仲間》になった二人の女だ。

その二人は、アスナの自宅で、昼下がりのお茶会を開いていた。

およそ女の子らしからぬ、簡素にして清潔なリビングは、アスナという少女のサバサバとした性格をよく表している。

それだけを見れば、よくある民家の一室なのだが、二人が囲んでいるテーブルの真ん中に一つ、他の都市の普通の民家には絶対にないものがある。

動画だ。

リアムの魔法で実現した動く画《え》、動画。

テーブルの上に浮かび上がっている魔法を使った動画は、リアムの姿を映し出している。

まだ顔に幼さを残す少年が、一気に大人びた表情になって、大人顔負けの大魔法を放っている。

「ふぅ……やっぱりリアムってすごいな」

「そうね、出会ったときはちょっと腕が立つ子って認識だったのに、あれよあれよってうちにグングン伸びていったわねえ」

動画を最後まで見終えた二人は「ほぅ」と悩ましげな吐息を漏らした。

「うん、すごく強くなったわよね」

「それに、かっこよくなったわね。どきっとしちゃうわ」

「えっ……」

ナチュラルにそう話すジョディ、アスナは違う意味でどきっとした。

「ジョディさん、それはどういう――」

「あら、またリアムくんを隠し撮りしたのがあがっているわ」

「え？」

質問を遮られたアスナ。

二人が起動しているインフラ魔法・ネットワーク。

このネットワークでは最近、リアムを隠し撮りした動画をあげる事がブームだ。

行っているのは、特にエルフ達。

この国でもっとも数が多いとされるエルフは、リアムへの思いが高じて、曰《いわ》く「リアム様のかっこいいところ」を競って撮影して、ネットワークにあげている。

それをアスナとジョディが見ていて、今もまた新しいものが増えた。

アスナの返事を待たずに、ジョディはその動画を開いた。

すると、リアムとガイ、そしてクリスの三人の姿が映し出された。

どこかの野外で、リアムはガイとクリスの二人を相手にして戦闘している。

「これって……どういうシチュなの？」

「リアムくんの表情を見るに、二人に戦闘訓練をさせてあげてる、ってところかしらね」

「でも、ガイとクリスはすっごく真剣」

「そうね。でも真剣なだけ。あの二人が本気になったら、動画越しでも殺気が伝わってくるもの」

「そうなの？」

「やってみるといいわ。二人の前で『リアムなんてクソチビのクソザコじゃーん』って煽れば分かるわ」

「殺されるよ!?」

アスナは盛大に、悲鳴のような声を上げて突っ込んだ。

ガイとクリスは、ある意味でこの国で一番リアムを信奉している二人だ。

片やギガースという戦闘種族、片や人狼という狩猟種族。

二人とも、リアムを信奉している上に、バリバリの戦闘種族だ。

ジョディが今口にした台詞を二人の前で放てば、一秒と経たないうちにミンチよりもひどい状況になるであろう。

「でしょう？」

「う、うん。そうね、あの二人が本気になったらこの程度じゃないわね」

アスナは頷き、再び動画に視線を戻した。

国随一のパワーファイターであるガイと、同じく国随一のスピードスターであるクリス。

そんな戦闘のツートップの猛攻に、リアムは多彩な魔法で応戦している。

多少なりとも戦闘に心得がある者が見れば、双方の力の差が一目瞭然の動画だ。

「リアム、強いなあ……」

「それにかっこいいよね」

「じょ、ジョディさん!?」

また、さっきと同じような言葉を口にしたジョディ。

アスナは驚き戸惑い、ジョディをガン見した。

「あら、アスナちゃんはそう思わないのかしら?」

「う、ううん。そんな事ないけど……」

「歯切れが悪いのね。もしかして、リアムくんの事を嫌いになっちゃった?」

「ええっ!?」

「もしそうならリアムくんに直接言うといいわ。彼なら、事情が分かればファミリアの魔法を解いてくれるはずだから」

「そ、そんな事ないよ！　嫌いになんかなってない！」

「そう?」

首をかしげて、アスナを見つめるジョディ。

「じゃあ好き?」

「う、うん……そう、かな」

「やっぱり嫌いになったのかしら。口にできないのは気持ちが揺らいでいるからなのかもしれないわね」

「そ、そんなことない！」

アスナは大声を張り上げて、一生懸命に否定した。

「——はっ！」

遅れて気づいた。

自分を見ているジョディさんの目が、何かを見守るような生暖かい目だという事に。

「はめたねジョディさん」

アスナは恨めしげにジョディをにらんだ。

「なんの事かしら」

「もう……」

アスナはふう、とため息をついた。

一度口にしたからか、彼女は観念したように語り出す。

「好きだよ、リアムの事は。かっこいいし、真面目でひたむきだし。それ以外もいいところが語り尽くせない位あるし」

「なら、どうして迷っていたの？」

「だって、ライバル増えすぎだよぉ……」

アスナは泣き言を言った。

「ライバル？」

「リアムガチ恋勢だけでも百人はいるもん。多すぎだよ」

「うーん」

ジョディは首をかしげ、頬に指を当てながら思案顔をした。

そして――一言。

「それがどうしたのかしら」

「どうしたって、ライバルがいっぱいだよ？　そんなにいたら勝てないよ」

「勝つ？」

「うん」

「……なるほど、そういう事ね」

ジョディは納得した。

そして、また生暖かい目で、今まさに思春期まっただ中の少女アスナを見つめた。

「理解が遅くなってしまってごめんね。ひとりじめしたいって、もうすっかり思わなくなっていたから」

「……え？」

「そんな時期が私にもあったわ、すっかり忘却の彼方だけど」

「え？　え？　えええっ!?」

パン、とテーブルを叩いて立ち上がるアスナ。

目をむいてジョディを見つめる。

「そ、そそそそれって――!?」

思いっきり慌てるアスナに、穏やかに微笑んで何も言わないジョディ。

違う性格の二人、違う「好き」の二人。

そんな「好き」は、この都市――この国にあふれかえっていて、たった一人の少年に向けられていた。

月の下で

不夜城。

それがこの魔法都市リアムにつけられた別名である。

国王リアムが発明したインフラ魔法によって、民家の中だけじゃなく、道の至る所に街灯が設置されていた。

それは従来の街灯とは違って、燃料を一切交換・補充する必要がないし、明るさもざっと三倍はあるという優れものだ。

技術というものはしばしば「世代」という区切り方をされるもの。

その「世代」で言えば、「リアム灯」と呼ばれているこのインフラ魔法の街灯は、他の国の三世代先はいっている超技術である。

そのリアム灯のおかげで、魔法都市リアムはいつも明るく、活気に満ちあふれていた。

そんな街外れの、さすがに中心部よりは少し暗くなったところで、二人の女がばったりとでくわした。

「あっ……神竜様……」

「ん？　なんだ、スカーレットか」

幼い老女――竜の化身であるラードーンと、王女でありながらリアムに心酔し、この街に住み着いたスカーレットの二人だ。

「すみません、神竜様がここにいらっしゃるとは知らず。お邪魔をしてしまいました」

「なんだ、我に対してやけに腰が低いな……ああ、そういえば我の事を知っていたのだったな、最初から」

疑問と自己解決。

ラードーンは年齢から来る賢明さで、瞬時にしてそのサイクルを回した。

「は、はい！　三竜戦争における神竜様のご活躍はあらゆる書物で拝読しております！」

「そうか」

ラードーンは頷き、話はそこで終わった。

竜である彼女は、たとえ自分の話であっても、人間の世界で言い伝えられているものに興味は無い。

歴史は勝者が作る――というのは人間のみの言葉だ。

彼女からすれば、勝者の主観にまみれた歴史などに興味はまったくない。

たとえ自分が神竜だろうと、邪竜だろうと。

ラードーンからすればどうでもいい話だ。

その態度はスカーレットを困惑させた。

ラードーンが日夜憑依しているリアムはラードーンのその性格をよく知っている、また、リアムも「魔法だけ」にしか興味が無いという一種の変人なのだからそれでいいが、普段から絡みの少ないスカーレットはそれをよく知らず、困惑した。

結果的にそれが幸いした。

彼女は「ラードーンの気分を害した」と思い込み、話題を逸らそうと思った。

「し、神竜様は」

「ん？」

「主様の中から顕現なさったのは何故でしょう」

話題を逸らすための話題ではあったが、言ってから自分でも気になり始めた。

ラードーンは常にリアムに憑依している。

時折姿を見せることもあるが、それは傍から見ても分かる位「重要な時」だけだ。

何かがある――何かがあった？

スカーレットはそこまで思って、思わず身構えた。

が、予想に反して。

「散歩だ」

「さんぽ」

ラードーンから返ってきた答えは拍子抜けにすぎるものだった。

スカーレットは思わずぽかーんとなってしまうほどだ。

「なんだその顔は、我が散歩をしていたらおかしいか？」

ラードーンはくすっ、と、ちょっと意地悪な笑みを浮かべながらいった。

「い、いえ！　そんな事はありません！」

「冗談だ、気負うな。散歩だよ、紛れもなく。月が綺麗だったのでな」

「月……」

スカーレットは空を見上げた。

そこには白く輝く、丸い皿のような月が空高く上がっている。

「街の中心では明るすぎる、だからここまで来たというわけだ」

「はあ……確かに、お綺麗、ですが」

やはり「何故？」という思いが抜けきらないスカーレット。

それを見抜いたのか。ラードーンは一人語りの口調ながらも、その疑問に答える形で続けた。

「月は変わらぬ。人も景色も、果てには常識さえもが時と場所によって移ろっていくが、月だけは未来永劫変わらぬ姿でそこにある」

「……はい」

スカーレットは頷いた。

疑問とは違うところで納得した。

ラードーンのその感じ方は、彼女の知識の中にあった。

「吟遊詩人たちもそのような事をよく歌っていました。望郷の詩には必ずと言っていいほど月が登場します」

「ふふっ、我も人間と大差はないという事か」

ラードーンは自嘲げな言葉を口にしたが、文字面ほど不快にはなっていなく、むしろ面白がっているという感じだ。

その表情が、スカーレットの背中を後押しした。

「三竜戦争の時も、このような月だったのでしょうか」

今度はラードーンが驚かされる番になった。

今までずっと——それこそ直前まで自分に忖度《そんたく》し、明らかに言いたいことも言えなかった人間の少女が、自らが感じている禁忌《きんき》に踏み込んだのだ。

驚いたラードーン、しかしそれを好ましく思った。

無神経なのは辟易《へきえき》するが、勇気は好ましい。

「うむ、このような月だった」

「そうなのですか」

「見ろ、月の右下に、亀がひっくり返ったような形があるだろう?」

「はい……私の国では、それは杯と飛び散ったその中身という風に見えています」

「ふふっ、月の形は各地によって違うように見えているらしいな」

ラードーンは楽しげに笑ってから。

「あれ、我がつけたのだ」

「へ?」

「お前が言う三竜戦争の時、渾身の一撃を放ったが弾かれてな、それで逸れたのが月に当たって、その時にえぐれたのだ」

「あ、あれは神竜様が!?」

「うむ。月とはもろいものだ、デュポーンにさほどの傷もつけられなかった一撃であしてえぐれるのだからな」

絶句した。

すごく絶句した。

スカーレットはめちゃくちゃ絶句してしまった。

彼女は今、人間の九九・九パーセント以上が経験した事の無いような感情を体験している。

百歳の老人に「あの時の戦争は――」という実体験を聞いた時に抱く感動と興奮――それの数百倍にも上る感情を覚えている。

数百年前の出来事、その結果として全ての人間が見ている月という存在の姿形を変えたという事。

それが、スカーレットを驚かせ、複雑な感情にさせてしまった。

「いずれ、あやつもその域まで上ってくるであろう」

「あやつ？」

「お前の主様だ」

「主様……リアム様？」

ラードーンは頷いた。

月からスカーレットに視線を戻して、にやり、と口角をゆがめる。

「あれは一種の化け物だ。我なんかよりもずっと、な」

「ば、化け物」

「あれの頭には魔法しかない。魔法を覚え、魔法を生み出し――魔法を極める。頭の中にはそれしかない。そして、小さき肉体に似つかわしくない巨大な魂という規格外の才能もある」

「……」

「あれは、魔法にかぎって言えば、いずれ我も超えてゆくだろう」

「神竜様さえも……」

さすがにこれには驚いたスカーレットである。

リアムの事は敬愛しているが、さすがにラードーン――神竜様を超えるなどとは微塵も思ってはいない。

人類最強になるであろうと信じて疑っていないが、ラードーンはまた別次元の存在だと思っていた。

それがラードーンにこう言われて、驚くのも宜《むべ》なるかなというものだ。

「……さすが主様、ですね」

「ふふっ、そうだな」

ラードーンはそういってから、今度は悪戯《いたずら》っぽい笑みを浮かべた。

「まあ、お前には悲しい話なのだろうが」

「え？　そ、それは？」

「あやつの頭に男女の情はない。いくら思っていても叶えるのは難しいぞ」

「……なななななな」

スカーレットの顔は瞬間沸騰した。

夜でも分かるくらい真っ赤になって、湯気が噴き出しそうな勢いだ。

一度踏み越えたラインを、二度踏み越えるのは比較的楽である。

「し、神竜様こそ主様を思っているのではないですか？」

スカーレットは反撃した。

自分でも驚くくらいの勇気で反撃した。

「うむ、いずれ我は仔を産むつもりだ」

「ええええええ!?」

「まあ、それは今ではない。それに、我とお前ら人間の感情の尺度も違う。問題は無いのだよ」

「……」

二度も勇気を出して踏み越えて、また会話の内容が俗っぽいからか、スカーレットはある意味打ち解けて、拗《す》ねた顔でラードーンをにらんだ。

「神竜様は意地悪ですね」

「ふふっ、そうかもしれんな」

長きにわたって変わらない月の下で、二人の女は、一人の男への思いがきっかけで、ちょっとだけ打ち解けていたのだった。

エルフの抽選会

リアム・ハミルトン。

たぐいまれなる魔法の才能を持ち、あらゆる魔法に適性を持ち習得してきたばかりか、近頃では次々と魔法を生み出すという次のステージ上がっていた。

それればかりか、伝説の竜であるラードーンにも認められて、魔物達の国を作り、先進的な魔法都市をほぼ独力で築き上げた。

そんな、業績を並べればすでに偉人級のリアムだが、残念ながら彼はまだ人間の域にある。

神は全知全能とよく言われているが、リアムはそういう意味では神には程遠い。

この日も、魔法都市の一角で、彼がまったく知らない事が行われていた。

☆

そこは外の明かりがまったく届かない、窓のない地下室。

切り出した石を積み上げて作った地下室だが、通常この手の地下室の照明はランタンかたいまつが相場だ。

しかしここは違う。

この地下室には、リアムが発明した魔法の照明——リアム灯が使われている。

そのため、ともすればサバトや秘密集会という怪しげな雰囲気になりそうなところを、ここは明るく「宴」のような雰囲気だ。

その「宴」に参加しているのは、百パーセントエルフだった。

魔物であるピクシーがリアムの力によって進化した種族、エルフ。

幻想的な美貌と知的な雰囲気を合わせ持つ種族――なのだが。

「今日こそ当たるかな」

「あたしもう三回続けて外れてるから、今回こそ当てなきゃ」

「三回が何よ、あたしは五回連続よ」

女三人集まれば姦《かしま》しいという言葉があるが、エルフも百人集まればものすごく姦しかった。

密閉された地下室で、エルフの女達はやいのやいのいいながら、「その時」を待った。

しばらくして、一人のエルフが現われた。

レイナ。

エルフの長で、魔物の国リアム＝ラードーンの最高幹部の一人。

彼女は姦しいエルフ達の中、対照的にしずしずとしたたたずまいで現われ、皆の前に立ち、全員と向き合った。

そして彼女が連れて来た別のエルフが二人、レイナの背後に箱を載せたテーブルを設置した。

箱の上部には丸形の穴が空いていて、手をさしこむことはできるが、布の覆いによって中が見えないようになっている。

その箱を横目で確認してから、レイナはしっとりとした口調で口を開く。

「お待たせしたわね。これから今月のくじ引きを始めるわ」

瞬間、エルフ達がどっと沸いた。

「待ってました！」

「早く引かせてください！」

「レイナさん！　今月のあたりは何人ですか？」

さっきよりも爆発的に騒がしくなったエルフたち。

レイナはまったく動じることなく、まずは手をかざした。

レイナのジェスチャーに応じて、エルフ達は一斉に口を閉ざし、レイナの次の言葉を待った。

「今月は五人、完全新規が二人、入れ替えが三人よ」

「新規もいるの⁉」

「新規って、リアム様が必要っていって補充するポジションだよね」

「そうそう！　だからリアム様のお世話をする確率が高いの！」

またまた騒がしくなったエルフ達。

これは――メイドの抽選である。

魔物達の中で、もっとも見目麗しい事から、リアムの身の回りを世話するメイド達はエルフ達で固められている。

その事に他の魔物達から反対の声が上がることはなかった。

魔物は元々、戦うために生まれた種族だ。

この国の魔物はリアムの「ファミリア」という魔法で進化したとはいえ、やはり大半は戦闘能力に特化している。

メイドは不向きなのだ。

唯一、エルフと競えそうなのは人狼たちのみだが、人狼はリーダーのクリスからして戦闘志向がバリバリで、一族全員がメイドよりも兵士になりたいといっている。

そのため、メイドは全員がエルフだ。

そしてエルフは全員、リアムの事を好いている。

敬愛するリアム様にご奉仕したい！　とエルフの全員が言っている。

しかし、当然のことながらメイドはそんなにはいらない。

そこでレイナがとった方法はくじ引き。

月に一回のくじ引きで、メイドの補充と入れ替えをするという方法だ。

それを、エルフ達は皆本気で取り組んでいる。

人間の街には「富くじ」なるもので一攫千金《いっかくせんきん》を狙う者達がいる。

それらの者はぎらぎらとした熱意を見せるものだが、メイド志望のエルフはそれを軽く上回っている。

「最終確認、今月の希望者も全員、という事ね」

「「「そうでーす!!」」」

エルフ達の声が綺麗に揃った。

「そしてあたりは五人。倍率はざっと五十倍ってところね」

大人気だからこその超高倍率だ。

普通に考えたらそうそう当たるものじゃないような倍率だが、エルフ達はまったく気にしていない。

全員が全員、期待にみちた眼差しをしている。

「それじゃあ並んで、一人ずつ引いていって」

レイナが言うと、エルフ達は素直に列を作って、くじを一人ずつ引いていった。

二百五十人近くという数に対して、当たりのくじはわずか五枚。

当然ながら簡単に引ける訳もなく、外れが三十人も続いた。

「――――ッ!!　当たりですよね！　これ当たりですよねレイナさん！」

「うん、当たりよ。これは交代の方。来月からランドリーメイドになって」

「はい!!」

当たりを引いたエルフが大きく頷くと、他のメイド達から羨望の眼差しと声が向けられて。

「ら、ランドリーメイドって、洗濯係だよね」

「そうだよ。ちょっとだけ外れかな、リアム様にそんなに会えないし」

「それって……リアム様が着た服とか使ったお布団やシーツとかを洗濯する係よね」

それは、悪魔のささやきだった。

誰かがそういうと、場の空気が一変した。

一瞬だけ固まって、それから視線が一斉に当たりくじに向けられた。

「リアム様のお服……」

「リアム様の匂い嗅ぎ放題!!」

「ねえ、それ売って！　お金ならいくらでも出すから！」

突っ込み不在の恐怖がここにあった。

ランドリーメイド――洗濯のメイドからリアムの使用済み衣服にたどりついたエルフ達は、ほぼ百パーセント目の色を変えていた。

皆がそれを欲しがった。

だが、当然ながらそれは引いたエルフも同じである。

「だめ！　これは私の！　私が引いたんだから誰にもあげない」

そういうと、盛大なため息が巻き起こった。

エルフ達は一斉にため息をついて、それを諦めた。

「しょうがないっか」

「あたしだって引いたら売らないしね」

「それよりも残りの四枚よ！」

エルフは魔物故に、人間の女特有の粘ついた感情とは無縁だった。

彼女達はシンプルにリアムが好きで、憧れている。

幻想的に美しく、好きなものが見えているときには好意以外の感情が入る隙間がない。

エルフとは、かくの如く理想的な生き物であった

あとがき

人は小説を書く、小説が描くのは人。

皆様初めまして、あるいはお久しぶりです！

台湾人ラノベ作家の三木なずなです。

この度は拙作『没落予定の貴族だけど、暇だったから魔法を極めてみた』を手に取っていただきありがとうございます。

本書でシリーズの第三巻となります。

皆様が手に取っていただいたおかげで、第三巻を刊行できる運びとなりました。

出版社に取って、第二巻までは期待値込みで「とりあえず出してみよう」という事もありますが、第三巻以降は完全に売れていなければ刊行する事ができません。

故にこの第三巻をお届けできたのは百パーセント皆様のお力、皆様に助けられて出すことができました。

感謝の言葉もありません。本当にありがとうございます。

なずなのバイブルである『Ｔｏ　ＬＯＶＥる』シリーズでは、矢吹大先生が作品を使い無言でこう力説しておられます。

「読者の気に入って、望む物を書きなさい。読者が望むものと同じベクトルでもっとすごい物を出しなさい」

ですので、二巻まで手に取り続けて下さった皆様のために、三巻はまったく同じベクトルの物、同じコンセプトの物となります。

貴族に転生した主人公が魔法を覚える、覚えた魔法を使う、使った魔法で成功して新しい魔法を覚える——この作品はこんなコンセプトですので、三巻もそのままです。

な○卯から親子丼とはいからうどんが消えることがないのと同じように、このシリーズから上のコンセプトが消えることもまた、ありえません。

ですので、一巻をお求めいただいた皆様は安心して三巻も、ここから読んでちょっと気に入った方は是非一巻からお手にとって頂ければ幸いです。

最後に謝辞です。

イラスト担当のかぼちゃ様、今回もありがとうございます。ラードーン可愛いです！

三巻を刊行させて下さった担当様、ＴＯブックス様。本当にありがとうございます、感謝の言葉もありません。

ここまで手に取って下さった皆様に、衷心より御礼申し上げます。

次巻もまた出せる位に売れることを祈りつつ、筆を置かせていただきます。

二〇二〇年五月某日　　なずな　拝

この美貌にかしづくのだ

妾《わらわ》は第一王女
スカーレット・
シェリー・ジャミールであるぞ
王女殿下!! 本日もお美しゅうございます!!
はは―っ
よろしい
さすが王女様…

指先ひとつで思いのまま

最新デザインのドレスが仕立て上がりました
サッ
クイッ
腕利きの職人がこしらえた
ヒールでございます
ササッ
クイッ
三ツ星パティシエによる
極上スイーツをお持ちしました
サササッ
クイッ
ほえぇぇ
まるで魔法みたい!
うむむ
魔法じゃないけどすごい力だ…

小説3巻 発売おめでとう ございます!!

おまけマンガで おじゃましてます
コミカライズ担当の 秋咲りおです。
マンガの方は、スカーレット王女さまが
登場してきたあたりを 描いてますw
王女さま強い ww 強い女性は カッコよくて
好きです!!! コミカライズも よろしく
おねがいしまーす!

秋咲りお

センターは誰の手に!?

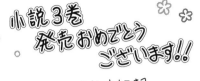

リアムよ 今なら妾の下部 センターの栄誉を 与えてやっても よいのだぞ
ええ!?
それなら もっと 相応しい 人が!
なぬっ ワシ!?
王女殿下の ご用命であれば
このジェームズ よろこんで 馳《は》せ参じましょうぞ
パァァァ
年上は 好かぬ
バッサーリ
でんかー!!

没落予定の貴族だけど、暇だったから魔法を極めてみた
コミカライズ　第六話

漫画：秋咲りお
原作：三木なずな
キャラクター原案：かぼちゃ

師匠はなにか「分からないこと」を仕込んでいる
この手紙に何かヒントが？
『湖の中にアイテムボックスを沈めて全部吸い込んだ後
水と生き物を吐き出させてみろ』
『金塊《きんかい》だと入らないから砂金を湖にばらまいた――』
ピチ
ピチ
ピチ
金塊だと入らない？
金塊だと重くて沈んでしまう
つまり師匠は水と混ざってアイテムボックスに入るように
砂金にした……ってことか
ハッ

吐き出すのを
水と生き物でなく
砂金にして
みたら——
砂金を
吐き出せ!
ザ——ッ
干上がった
湖の底に
丁度100キロ分の
砂金
あの日と
真逆の状態——
ポワ
カッ

階段が!!
そりゃ分からないよ
師匠～～～
コッ
コッ
魔導書と――
手紙？
リアムへ
お前がこれを読んでいる
ということは、
完全に俺の裏の意図を
読み取ったということだろう。
そして、マジックペディア
にあるもっともレアな魔法
アイテムボックスをも
完全に使いこなせた
ということだろう。
そんなお前に、
俺が持っていた
最高の魔導書を渡す。
最上級魔法に
分類される物だ。

これが……最高の魔導書
アナザーワールド……？
師匠でも使えなかったのか……
どうういう魔法なんだろう
その魔導書は俺には使えなかった。お前に使えることを祈ってる。
まっ
どんな魔法だろうと魔導書どおりに練習──実践するまでだ
グッ
数時間経っただろうかその間一度もアナザーワールドは発動しなかった
が……焦る必要はない
光の下級精霊ウィプス
魔導書に書かれている正しい手順を丁寧にこなす
それだけだ

やった！扉が出てきたぞ
ドオン
真っ白い空間だ…
アナザーワールド
この世ではない別の世界に空間を作り出す魔法――
空間の広さは術者の練度と魔力に比例する
そして術者の許可無く侵入することも出来ない
完全にマスターすれば中に納めたものは消えないのか
アイテムボックスと似てるな
けどここには人間が入れる!!
じゃあ家を建てたりとか……
拠点？
秘密基地とか!?
ありがとう師匠!!
夢がひろがる!!
ワク
ワク

ザシュ!!
魔導書を手に入れて
早1ヶ月
毎日練習を続け
今や10分で
アナザーワールドを
出せるようになっていた
やあっ!!
ガキン
ガキン
かったいな〜〜〜
もうー!!
ガキン
ガキン
ジャイアントフロッグ
ギルドからの
Aランク討伐依頼
はぁ
はぁ
騎士になった俺への
テストってことだろう

アメリア・
エミリア・
クラウディア──
サラマンダーよ出てこい!!
ガオオ
ベチ
ガッ
リアム!!
炎じゃダメみたいだ
槍をぶつけるから同じところにたたみかけて
了解!

アメリア・エミリア・クラウディア
たあああああ
ガリッ
ガリッ
ズブ
アイスニードル7連発
キン
ガッ
きゃ！
ビリッ
戻ってこいアスナ
ブオオオオ
バチ
バチ
バチ

来た・・・
アナザーワールド
ヴン
戦闘開始から魔導書を手に使っていたのがやっと発動した
入れ！
う…うん！
ボヘエエエェ
バチバチバチバチ
うわぁ……外にいたら危なかった
この中でヤツの発狂放電をかわす
バチバチバチバチ

ぐったり
いくぞ
あとは二人で
集中攻撃だ
うん！
ジャキン
むむ……
たしかに
ジャイアント
フロッグの魔石だ
まじ
まじ
なに？
依頼出したの
そっちじゃない
それはそう
なのだが……
一週間はかかる
ものだと…
……いや
ここはさすがだと
いうべきだな
ありがとう
リアム

あっ
——それにアスナもな
う〜〜
なんかついでっぽい…
すまん今のはわざとじゃないんだ
ううん
あ〜〜…
それなら——
使い魔になったらどうだ？
もっとちゃんと強くならないとね
そうしないとリアムに置いてかれちゃう
使い魔？

マスターが言うには
魔法使いが魔物と契約して
使い魔を使役するように
契約魔法で主従関係を
結ぶことができる
のだという
でもあれは
魔物にする
もんじゃ？
だって
使い『魔』だし
必ずしもそういう
わけじゃない
戦力的に有利だから
大抵は魔物と
契約するだけだ
ねえ
契約したら
どうなるの？
契約を結んでしまうと
主人の命令には
逆らえない
だが主人の力次第で
使い魔側の能力が
あがる
基本は主人を
守れるように
強くなるって
言われてる
能力が――
ズガ――ン
あがる――!?

ねえリアム
契約……
してくれない？
俺は…いいけど
絶対服従だぞ？
オロ
オロ
俺の命令には逆らえなくなるんだぞ
オロ
大丈夫!!
あたしリアムを信じてるから
リアムはそれで変な事するような人じゃないよね
……もしそうだとしてもべつにいいし
ボソ
うん？
なっなんでもない！
ねっお願い♡
うっ……
……アスナがそこまで言うのなら
ドキン

使い魔契約魔法は
見届け人が行うそうで
ギルドマスターが
俺達にかけてくれる
ことになった
手の甲を
彼女の前に
突き出して
その手の甲に
キスを
見届け人か……
なんだか
結婚みたい
だな……

……アスナ？
アスナが――
綺麗に――？

スッ
え⁉
見間違いか？
どよ
消えた⁉
後ろだよ
何をやったんだ？
早く動いただけ
契約終わった瞬間に声が聞こえてさ
ユニークスキル【スピードスター】っていうのが覚醒したって
ユニークスキルだって⁉
どっ
どうやら俺はアスナを『進化』させてしまったようだ

みてこれ――
ラブレターもらっちゃった
キャー キャー
今日ここ来るまでに三回も呼び止められちゃってさー
はえ……
急にどうしたんだろ
やっぱりジャイアントフロッグ倒したおかげかな
モテ期きたー
それは――契約の効果だよ
使い魔の契約した直後から
アスナめちゃくちゃ綺麗になってるよ
えええええそーなの!?
昨日あれから調べたんだけど
スキルを使いこなせるように肉体がその人のベストな状態になるらしい
うんうん
そっかー
あたし綺麗になってたのか～～
うふふ
うふ♡

この使い魔契約をもっと調べたいのだけど
相手の事があるからなー
ちょっと試すってわけには…
相手？
それなら心当たりがあるよ
あら
アスナちゃん今日はどうしたのかしら？
こちらジョディさん
あたしが駆け出しの時に色々お世話になったんだ
穏やかで知性と理性が垣間見られるアスナおすすめのベテランハンター
年は40歳前後だろうか
アスナは彼女に使い魔契約について話した
あらあら急に綺麗になったと思ったらそういうことなの
私はてっきりいい人ができたからと……
ウフフ
それはおいといて

ジョディさん
リアムと契約してみない？
ガッ
あら いきなりスカウト？
おぉーおーおおぉぉ
とつ
あらぁ……
懐かしい顔ですねぇ
これ契約のおかげかしら？
パァア
あっ
これが…スキルなのですね
何か降りてきました
ポン
まさかまたユニークスキル？
若返りだけじゃなくて？
ザワ
ジョディさんのはどんなスキル？
そうですね…
ちょっと待っててください
とととと

ただいま
もどり
ました
サンドイッチ
今しがた
作ってきました
あなた
ひどい
お怪我
えっ
オレ？
これを
召し上がって
くださいな
むしゃ
むしゃ
うん……
うまい
ピキーン
!?
おおおおおお
怪我が
治ってる!!
私の料理
怪我を治す効果が
出るようです

二人のユニークスキル
ジョディの若返り
立て続けに「奇跡」の
ような事が
公衆の面前でおこり
噂はたちまち
街全体に広まった
第一王女が
お見えになる
第一王女
って……
お姫さま？
そうだ
スカーレット・
シェリー・
ジャミール殿下だ
なっ
なんで？
弱冠十二歳ながら
ハンターギルドの
Aランク討伐を達成
同時魔法
最大11の魔法使い
使い魔を進化・
若返りさせる魔力の
持ち主――
あげたらキリがない
その事を知った
スカーレット殿下は
いたく興味をもたれた
お前に
会いに来る
ええっ!?
カチャン

サッ
殿下は特に お前の使い魔のことに 興味をもっておる
殿下の前で 実演するといい
それ――
断れま せんか？
なに？
何故だ
彼女達は 仲間だ
見世物 じゃない

正直ここで断ったら
どうなるのか分からない
けれど仲間を
王族の好奇心のために
見世物にするのは
ダメだと思う
特に――今は
使い魔契約を
結んでいる
俺の命令は
絶対服従だ――
だからこそ
選択権《絶対服従》の無い状態では
頼み事すらしたくない
……第一王女
殿下なのだぞ
分かった
下がってよい
はい
であっても
です
パタン
申し訳
ありません
殿下
このような事を
させてしまい

よい
メイドに扮すると言い出したのは妾《わらわ》自身
ハラリ
そなたに責はない
ご厚情痛み入ります
スカーレット第一王女殿下
面白い少年だ
だが妾の面前でも同じことが言えるかな——

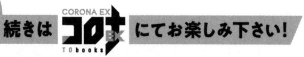

©三木なずな・TOブックス／没落貴族製作委員会
没落予定の貴族だけど、
暇だったから魔法を極めてみた
2025年1月6日から テレ東・BSフジほかにて
TVアニメ放送開始！

NOVEL

第⑩巻
2025年
1/15
発売!!!

COMICS

2カ月連続刊行!
第⑨巻
2025年
1/15
発売!!!

第⑩巻
2025年
2/15
発売!!!

最新話はコチラ!

SPIN-OFF

「クリスは
ご主人様が大好き!」
2025年
1/15
発売!!!

最新話はコチラ!

〈 放送情報 〉

テレ東 1月6日から毎週月曜 深夜1時30分～
BSフジ 1月9日から毎週木曜 深夜0時30分～
※放送日時は予告なく変更となる場合がございます。

U-NEXT・アニメ放題では最速配信決定!
ほか各種配信サービスでも随時配信開始!

STAFF

原作：三木なずな『没落予定の貴族だけど、暇だったから魔法を極めてみた』(TOブックス刊)
原作イラスト：かぼちゃ
漫画：秋咲りお
監督：石倉賢一
シリーズ構成：高橋龍也
キャラクターデザイン・総作画監督：大塚美登理
美術監督：片野坂悟一
撮影監督：小西庸平
色彩設計：佐野ひとみ
編集：大岩根力斗
音響監督：亀山俊樹
音響効果：中野勝博
音響制作：TOブックス
音楽：桶狭間ありさ
音楽制作：キングレコード
アニメーション制作：スタジオディーン×マーヴィージャック

オープニングテーマ：saji「Wonderlust!!」
エンディングテーマ：岡咲美保「JOY!!」

CAST

リアム：村瀬 歩
ラードーン：杉田智和
アスナ：戸松 遥
ジョディ：早見沙織
スカーレット：伊藤 静
レイナ：宮本侑芽
クリス：岡咲美保
ガイ：三宅健太
ブルーノ：広瀬裕也
アルブレビト：木島隆一
レイモンド：子安武人
謎の少女：釘宮理恵

詳しくはアニメ公式HPへ!
botsurakukizoku-anime.com

シリーズ累計 85万部突破!! (紙+電子)

広がる
コミックス 第四部
貴族院の図書館を
救いたい! IX
漫画:勝木光
2024年
12/14
発売!
新刊、続々発売決定!
2025年
2/15
発売!
第二部
本のためなら
巫女になる! XII
漫画:鈴華
※2-11表紙

「本好きの下剋上」世界！

Welcome to the world of "Honzuki"

アニメ

第1期 1～14話
好評配信中!
BD&DVD好評発売中!
続きは原作「第二部Ⅰ」へ

第2期 15～26話
好評配信中!
BD&DVD好評発売中!
続きは原作「第二部Ⅲ」へ

第3期 27～36話
好評配信中!
BD&DVD好評発売中!
続きは原作「第三部」へ

第三部
「領主の養女」
2026年
TVアニメ
放送決定!
アニメーション制作
WIT STUDIO

コミカライズ

第一部
本がないなら作ればいい!
漫画:鈴華
①～⑦巻
好評発売中!

第二部
本のためなら巫女になる!
漫画:鈴華
①～⑪巻
好評発売中!

原作「第二部Ⅳ」を連載《コミカライズ》中!

第三部
領地に本を広げよう!
漫画:波野涼
①～⑧巻
好評発売中!

原作「第三部Ⅲ」を連載《コミカライズ》中!

第四部
貴族院の図書館を救いたい!
漫画:勝木光
①～⑧巻
好評発売中!

原作「第四部Ⅱ」を連載《コミカライズ》中!

原作小説

第一部
兵士の娘
Ⅰ～Ⅲ

第二部
神殿の巫女見習い
Ⅰ～Ⅳ

第三部
領主の養女
Ⅰ～Ⅴ

第四部
貴族院の自称図書委員
Ⅰ～Ⅸ

第五部
女神の化身
Ⅰ～Ⅻ

貴族院外伝
一年生

ハンネローレの
貴族院五年生

原作小説
短編集Ⅲ
12月10日発売!
著:香月美夜　イラスト:椎名優

CORONA EX
コロナEX
TObooks

本好きのコミカライズ最新話がどこよりも早く読める!
https://to-corona-ex.com/

没落予定の貴族だけど、暇だったから魔法を極めてみた3

2020年　9月1日　第1刷発行
2024年12月5日　第2刷発行

著　者　三木なずな

発行者　本田武市

発行所　TOブックス
〒150-0002
東京都渋谷区渋谷三丁目1番1号　PMO渋谷Ⅱ　11階
TEL 0120-933-772(営業フリーダイヤル)
FAX 050-3156-0508

印刷・製本　中央精版印刷株式会社

ISBN978-4-86699-030-9